作家がガンになって試みたこと

作家がガンになって試みたこと

高橋三千綱

岩波書店

目　次

第一章　食道ガンだな、といわれた日

内視鏡検査

六四歳の誕生日から二ヶ月近くが過ぎた平成二四年二月二八日のことである。一年前に東日本大震災があったばかりで、被災地ではまだ混乱が続いていた。その日、午前中に内視鏡での検査を終えた私は、T大学病院消化器内科の診察室の前で、検査結果を聞くため名前を呼ばれるのを待っていた。

実は何のために内視鏡検査を受けたのだかよく分からなかった。「検査をしましょう」といわれて病院に来てみたら胃の中に内視鏡を入れられたのである。私には自分の健康や身体状況に無頓着なところがあり、結構深刻な病いをかかえているはずなのに、いつも他人事だった。これは生来の楽天的な性格のせいだろう。馬鹿、だという人もいる。

全ては糖尿病から始まった

では、馬鹿のおさらいをしてみたい。

T大学病院に診察を受けに行ったら、何の前ぶれもなく内視鏡を喉に突っ込まれた、という訳では無論ない。そんな乱暴なことをする病院があるわけがない。

それ以前の経過を説明する必要がある。まず、胃の内視鏡検査を受けるに至るまでには、様々な出会いがあった、ということである。愛すべき病気との出会いである。

三四歳のときに十二指腸潰瘍になり、どういうわけか胃の四分の三を切除されてしまったのが不運の始まりであったが、これはもう大昔に属する話なのでこの際忘れることにしよう。

本音をいえばその手術の後遺症はその後三五年間も私を悩ませているのだが、話の展開上、私を下痢体質に陥れたそのささやかな事故に関しては、いったん身を引いてもらうことにしよう。

そこで登場するのが国民病ともいえる糖尿病である。これも古い付き合いで、四十代半ばにはすでに身体に巣くっていた。

八王子の自宅近くの医院で、何かのついでのように受けた血液検査でγ-GTPと血糖値が高いことを指摘された。確か糖尿病の境界線上にあるといわれた気がする。

仕事が続いていたのでそのまま放っておいた。その頃、仕事場は笹塚にあり、毎日せっせと物書き業にいそしんでいた。それでも暗くなると酒場にいく習性があったので、毎晩酒を舌の上で転がして遊んでいた。女っ気は全くなく、六五歳の女将と編集者を相手に実直に飲み続けた。

数ヶ月後、休養を兼ねて千葉県鴨川にある病院に一週間ほど検査入院をした。そのとき、血糖値の数値が境界線をはるか超えていることが判明した。だが糖尿病という病気の恐ろしさを知らなかった私は、ホテルのスイートルームのような病室から毎朝サーフィンをする若者たち（スマップの木村拓哉もいた）を眺めたり、夕方にはひとりで近くのゴルフ場に行き、九ホールだけラウンドをしたりして過ごしていた。

病院の隣には看護学校があり、将来の看護婦（看護士という表現を女性に使うのはどうしてもはばかられるのである）さんたちの要望に応えてゴルフスイングを披露することもあった。彼女たちの案内でフラミンゴの踊りを見に行ったり、イルカショーを見物したりしていたのだから、結構忙しい一週間であった。

担当の老医者はどこかの病院をお払い箱になったような頼りない人だったが、それでも酒の飲み過ぎだとかカロリー制限を死守せよなどと、くどくどと説教をすることは忘れなかった。だが退院するとすぐにγ－ＧＴＰの数値がどれほどだったのか念頭から消失していたのだから、まるで深刻にとらえていなかった。それに、挨拶代わりに、「塩分控えめ、コレステロールが高い」をのたまう医者の念仏には辟易していた。

休みなく仕事をしていた当時の私は、検査より休養の方に気持ちがいっていたのだろう。五〇歳になる前に二度、芝公園にあった東京専売病院（現・国際医療福祉大学三田病院）に数日間休息入院をした。ここは麻布十番から近く、悪い連中が冷やかしに来たりと、色々と危険な誘惑はあったが、それでもさすがに酒だけは飲まなかった。だが一度だけウイスキーを持って見舞いにきた女優がいて、オンコー(温厚)な私もさすがに怒った。彼女は「だって三千綱さんにはそれしか思いつかなかったんだもの」と笑って弁解していたが、つまりそれが女性から見る私の日常だったのである。

昼間は高速道路を走る車を見て過ごしていた。夜は古典文学を読むという至福のときを久しぶりに味わうことができた。この入院の間に、肺ガンで入院治療中だった高名な作家との出会いもあった。

死ぬ年頃と決めていた五〇歳もさらりと過ぎて五〇歳後半になったある日、再び千葉県鴨川の病院に戻って一〇日間検査入院をすることになった。体がだるくなったと感じだしたからである。

糖尿病の数値は主に血糖値(血液内のグルコースの濃度)で表される。このとき空腹時の血糖値が320mg/dLを超えていた。基準値が70から109であるからこれは自分以外に三人の居候を背負って生きていることになる。ゼーゼーというはずである。だが、入院中は同じ病院で療養していた競馬騎手たちとサウナで競馬談義をし、トレーニング用の馬の機械に跨ったりして楽しんでいたから、早く退院してさすらいの馬券師になることに思いを馳せていた。

そんな訳で退院するとすぐに競馬場に直行したのだから、何のために入院したのだか分からない。バブルも弾け気味になった時期で、倒産する出版社も現れ、雑誌の発行も半減し、仕事の依頼も少なくなった。丁度いいと怠惰な生活に浸るようになった。

朝風呂に入ったあとは朝焼けを眺めながらビールを飲み、雨模様になると「風流であるな」とうそぶきながら日本酒を六合ほどたしなんだ。我慢強い肝臓も四〇年間もアルコール毒素を洗浄させる仕事を強いられて、さすがにバテてきていた。

男が一生涯に許容できるアルコール量は五〇〇キログラムである。日本酒を四合、もしくはビール中瓶四本を一四年間飲み続けた場合、アルコール摂取量は五一一キログラムになる。六〇歳のときにはすでに四人分のアルコールを溜め込んでいた。

そんなわけで、いつの頃からか酒を呑むとふらつくことが多くなった。

初めの内はふざけてふらついていたのだが、ある晩、自宅まで帰り着けずに、途中の道端で仰向けに倒れて寝てしまった。車がこないのが幸いだった。数分後にパッチリと目を見開いた私は、暗い夜空と対面しながら、「このままでは轢かれる。はらわたが飛び出す。みじめである」と悟って立ち上がった。歩き出したらふらふらした。

それでようやく、ふざけて歩いているのではなく、本気でふらついているのだと気付いた。

女医はこわもて

私には家庭医がついてくれていた。その頃には仕事場は笹塚から赤坂、そして競馬場のある府中へと移っていた。府中は高校時代を過ごした町である。その府中にある村上医院の院長が家庭医になってくれた。といってもM先生が了解したわけではなく、私が勝手にそう決めただけなのである。

循環器系の医師であったが、糖尿病が悪化して眼底出血まで起こしたのは、家庭医であるM先生の助言をことごとく無視して、朝、起きると同時に酒を呑む生活を六〇歳を過ぎても送っていたからである。

酒が性に合っていたし、私の親友でもあった。やめる理由などなかった。

M先生とは同じゴルフクラブの会員同士で時折一緒にゴルフをしていた。その関係もあって血液検査結果を見たM先生からは、「血糖値がこれほど高いままではどんな合併症が起こるとも限らない。お友達感覚ではあなたの健康に責任もてない」と常々いわれていた。しかし不埒な患者は、酒の臭いを発散させながら診察室でM先生と向き合うようになるまでに堕落していた。

そしてついにある日、M先生は断を下した。「自分の言葉が聞けないのなら、糖尿病専門医にかかるように」といって、有名な専門医のいる都立府中病院（現・多摩総合医療センター）に私を送り出したのである。帰り道に大國魂神社で参拝をした私は、これが最後と言いきかせて馴染みの小料理屋を避けて、蕎麦のうまい居酒屋「土風炉」に寄ってこっそりと熱燗を頼んだのであった。

「アルコール性肝炎です。入院が必要です」

M先生に紹介されて出向いた都立府中病院の糖尿病専門の女医からそういわれたのは、東日本大震災のあった前々年（二〇〇九年）のことである。私は六一歳だった。それまでは変わりなく毎日六合の酒を呑んでいたが、ふらついて歩くことに不安を感じだしていた私は、よい機会であると判断して酒量を半分に減らすことにした。ただし女医に命じられた入院はシカトした上に、不埒なことに女医の次の呼び出しにも応じなかった。顔を出したら最後、その場でベッドに縛り付けられる気配を感じたからである。女医は迫力があり、ドスコイという雰囲気を漂わせていた。

結局、都立府中病院に行ったのは血液検査を受けた日と結果を聞きに行った二度だけである。M先生の命令を無視した格好になった私は、紹介状を書いてくれた村上医院に顔出しができなくなった。とどのつまり血糖降下剤の処方箋を出してくれそうな医院もみつからず、数週間も経たない内に再び六合酒を飲んでは意気消沈して仕事場に戻る日々を過ごすことになった。そんな私をみて、府中の小料理屋の定連どもは、

「秋深し　酒も女も　一合まで」

と詠んで笑い合っていたものであった。その内のひとりは、年末に酔っぱらって自宅の階段から転げ落ちて壁に頭を打って即死した。一級建築士だった男で、わけあって離婚したあと私とは毎晩のように飲んでいた。いいやつだった。無念の私は酒量が増えた。

肝硬変、余命四ヶ月

翌年の二月のようやく梅が咲き出す頃に、私はM先生とゴルフクラブで顔を合わせた。無沙汰を詫び、都立府中病院からアルコール性肝炎の診断を受けたことを恥ずかしながら伝えた。

「でもその後病院には行っていないんです。行ったら最後、その場で強制入院させられますからね」

「そうでしたか。それで今は禁酒中なんですか」

「いいえ、禁酒するのをやめました」

「それはよくないですね」

私の不埒な態度にもM先生はおだやかに反応してくれた。それでとにかく血液検査だけでも受けたらどうですか、と言ってくれたのである。翌週、少し迷った末に村上医院に行って採血を受けた。血液の代わりに、アルコールが血管の中を流動しているような茹だった感覚を、いつも味わっていたからである。


検査結果は二日後に出た。

どうせ、いい結果は出るはずがない、と思ってM先生の横に座った。検査結果に目を通していた先生は、あるところまできて「うっ」と呻いた。私は黙って先生の横顔を見ていた。

「これはひどい。よく生きていられますね。γ-GTPが3954なんて、こんな数字、初めて見ましたよ」

γ-GTPは酒飲みの間では、どれだけアルコールに体が侵食されているかを明確にする数値として理解されている。その上限値は79U／Lである。400になれば大抵の人は禁酒する。1000は入院。1500はアルコール依存症、2000以上はアル中である。

「それは検査の間違いである」

というようなことを私がいうと、M先生は、では一ヶ月後にもう一度検査しましょうといった。少しぷんぷん気分のようであった。

「４０２６」

一ヶ月後に出た検査結果はM先生を震撼させた。私は悶絶した。

「死んでいる人の数値ですよ」

青ざめたM先生は、武蔵野赤十字病院の肝臓専門医の診察を受けるようにといい、その場で相手側に予約を入れるとすぐに紹介状を書いてくれた。肝臓医としては全国でも五指に入るといわれる高名な肝臓専門医であるという。

不承不承出向いたのは、どうせ入院しろと命じられるに決まっていると思っていたからである。肝機能障害に陥っていることは、酒を飲んだらすぐに脳が揺れ始め、それまでとは異なる違和感を抱くようになっていたことで分かっていた。

診察室に入ると威厳のあるI医師がジロリをこちらを見てこういった。

「M先生の紹介ですね。M先生の専門は何ですか」

「循環器です。透析の治療もされています」

そう答えたがI医師の反応は乏しかった。その日は血液検査をして帰った。数日後に検査結果を聞きに行った。

診察室に入り、丸椅子に恐る恐る私は座った。なんだか怖かったのである。その肝臓病の大家であるI医師は挨拶抜きでいきなり、「肝硬変になっている」

と開口一番言った。それは六二歳の誕生日から三ヶ月後のときであった。

「毎日インシュリンを注射して断酒しないと、四ヶ月で死ぬ」

高名な医師は偉そうにそううそぶいた。同じ言葉をこの高慢な医者にいってやりたいと痛烈に思いながら、私はそのときだけは項垂《うなだ》れた。

三五歳のとき私は自分の小説を元に脚本を書き、映画を監督した。自主製作作品であった。全国一の映画館で上映はされたが興行成績が振るわず、私が出資した一億二千万円はそのまま映画会社に没収された。

製作前から無謀だと人々にいわれていたが、その二年前に胃を切っていた私には、映画製作はどうしても叶えなくてはならない夢であった。死ぬ前にやっておかなければならないと決断を下し、人気俳優であった田中健君を口説き、一年間かけてボクサーの体に鍛えてもらった。

興行的には負け戦になったが、私は完成した映画には満足していた。一切のエンターテイメント性を排除した上での製作であったので、売れることは考えていなかった。

映画製作で有り金を遣い果たしてしまった私には、その上数千万円の借金が残った。自宅を担保に銀行から三千万円の借金をしたほど資金難に陥っていた中での映画製作であり、何も知らない老いた両親は、その借金のカタになった家でパグ犬の愛犬と息子の嫁、はしゃぎ回る孫娘とニコニコと暮らしていたのである。

もうこの家には住むことができない、と家族には言い出せず、私はありとあらゆる仕事をした。新聞小説と週刊誌の連載小説、文芸誌の中編小説、スポーツ紙の連載エッセイ、劇画の原作連載を週に二本、毎日のようにくるエッセイの締め切りをせっせとこなした。講演先でも万年筆が指から離れることはなかった。

ついに腱鞘炎になり右手の親指が全く動かなくなった。しかし、そのかいあって家を担保にとられていた借金も、その他のふざけた借金も十数年かけて返済することができた。だが高橋家の蓄えはまったくなくなっていた。Ｉ医師から「肝硬変で寿命四ヶ月」を告げられたときは、家人の老後をどうすればいいのか、と途方に暮れているときでもあった。

私はまずＩ医師に手紙をしたためた。「告知は医者の務めであるかもしれないが、それにショックを受けてありもしなかったガン細胞ができてしまうことがあります。私はあなたの傲慢さに憤りを覚えます。『死ぬ』と患者に告げて、青ざめる相手を見て愉快ですか。同じ言葉を告げられたら先生はどう反応されますか。冷徹さは必要でしょうがそれだけでは患者を救えません。先生は毎日百人の患者を前にうんざりされているかもしれませんが、患者にとっては命を救ってくれる人は、Ｉ先生ひとりなのです」

投函したあと、私は高名なＩ先生の診断を受けることを断念した。早い話、首を切ったのである。無視されるかと思ったが、案に相違してＩ先生から数日後に詫び状が届いた。それでも私はもう行くまいと決心した。

「こうなってしまったのは自業自得だ。だが家族に迷惑はかけられない」

と私は深く反省した。ではどうするか。

「よし、こういうときこその楽天家だ。まず、禁酒する。家族を安心させて仕事する。新しい三千綱を発見しよう」

そうほざいた私は、意地をみせてその後半年間は完全に禁酒した。

その甲斐あって、インシュリンは打っていたものの、4000を超えていたγ-GTPは230、血糖値は空腹時120mg／dLと劇的に改善し、血小板数も9・6と正常値の14に手の届くところまできた。肝機能の数値も基準値以内に収まった。

「何が寿命四ヶ月じゃ。脅しやがって。まだ生きているじゃねーか。よーし、禁酒終わり。よくやったな三千綱」

禁酒を勝手に解くと以前にも増して飲酒が激しくなった。それが年末まで続いた。情けないが、私の意地とはこの程度のものだったのである。とことん酒好きなのである。

そして二〇一一年三月に東日本大震災が起きた。

そのとき私は仕事場の入ったビルの大家が経営する蕎麦屋で酒を飲んでいた。ビルが大きく揺れたので、これはヤバイと思ってテーブルの下に燗酒を持って潜り込んだ。どうにか収まったと感じた後、私は予約を入れていた映画を見るため駅前の東宝シネマまで行った。ところが映画は上映されるどころか、そのあたりは大騒ぎになっていた。昼酒を飲んでごきげんになっていた私は蕎麦屋に戻って、今度は蕎麦焼酎を飲みだした。

それから数ヶ月後のことである。私は六〇歳以上の高齢者が集まって組織された「東日本災害救援隊」に参加したのである。その年齢になると放射線に抵抗力が生じるといわれており、それなら自分は適任だとその気になったのである。だが現地で廃棄物処理をするつもりが、集まった同胞と前夜虎ノ門の藪蕎麦で気勢をあげている内に飲酒がすすみ、ついに倒れて救援される側になってしまった。面目丸潰れ、であった。

このときは数週間、家のベッドで寝ていた。その後再起をはかって関西大学へ復興支援のための講演会に出向いたり、集まってきたボランティアの集会にむけて準備をしだしたのである。

その頃冷蔵庫に保存しておいたインシュリンが切れ、そのため処方箋を書いてくれる医者が必要になった。だが高名な肝臓専門医に紹介状を書いてくれた、家庭医のM先生のいる医院の門をくぐるのは、さすがに不義理性の私でもはばかられた。

T大学病院との出会い

同じゴルフクラブに所属する医師のひとりに山ちゃんがいた。いいやつで私とは八王子のフィリッピンパブでカラオケを競い合った仲であった。山ちゃんはなかなか優秀な医者仲間を持っていた。その山ちゃんの紹介で、初めてT大学病院で診察を受けることになったのである。

彼から紹介を受けた肝臓が専門のS医師の診断は的確で、容赦はなかったが、愛情に溢れたものであった。患者にも医師を選ぶ権利がある。それにはこだわった方がいい。それほど、患者と医師の相性は重要なのである。

S医師の診断を仰いだ私は、運動療法に気を遣い、アミノ酸摂取の方法や、タンパク質に注意を払った食事療法の指導をされて、いい感じに進み出した。それがわずか三ヶ月ほどで絶たれたのは不運としかいいようがない。しばらくしてS医師は系列の病院に、消化器内科部長として昇格移動になってしまったのである。

不運は重なる。後任としてついた担当医師との相性は最悪だったのである。四十代の顎の尖った陰険そうな医師は、初対面にもかかわらず、

「肝硬変のくせに酒を呑む患者の面倒はみれない(ら、抜き表現)。治療をしたいのならアル中専門の施設に入れ。それに私は内視鏡の専門で消化器ではないんだ」

とS医師から受け継いだ診断書を一瞥すると、のっけから喧嘩腰に言い出したのである。私はあっけにとられると同時に、患者の話を聞こうともしないその横柄な態度に恐怖にかられた。数秒後、なんとか気を取り直した私は「あんたは馬鹿だろう」といって診察室を出てきたのである。(嘘のようだが実話である)

それ以来、T大学病院とは疎遠になっていたが、さらに一年も同じ生活を続ける内、体調がますますよろしくなくなった。ついに思いあまって村上医院に出向き、まず何度目かの非礼を詫びた。私にアルコール性肝炎の診断をした都立府中病院の女医は、M先生の個人的な健康担当医でもあった。武蔵野赤十字病院の肝臓病の大家は別にして、私は女医とM先生のふたりまとめて裏切って放埒な生活を続けていたことになる。非礼とはそういう意味であった。

この二年近くどうしていたんですか、と訊くM先生に対して、

「ちょっと草鞋《ワラジ》を履いていていまして」

と背を屈めて答えた。すると先生は目をきょろきょろとさせてから、「旅行ですか」といった。善良な先生の助言を無視し続けていたあさはかな自分を、私は恥じた。先生はインシュリンを薬局でもらえるように処方箋を書いてくれたが、超音波で見た私の脾臓が増大し、肝臓が白くなっていることに危惧を抱いたようだった。

「やはり、ちゃんとした検査設備のある病院で診察したほうがいいですね。外来で診るには限界があります。赤十字がダメだったとすると、他にどこか希望する病院はありますか」「自宅から一番近い病院となるとT大学病院ですが……」

あそこには「馬鹿がいる」といおうとしたが、M先生は「では紹介状を書きましょう」といってさっそく受診の段取りをしてくれたのである。

つきまとう肝硬変

二年前と同じ梅の咲く季節であった。かろうじて六四歳の誕生日を迎えた私は、初めてT大学病院消化器内科担当医のH・W医師の診察を受けた。

初診の前に電話をして予約を取り付けた。M先生が紹介してくれたので交換手はすぐに担当医の消化器内科部長に取り次いでくれた。そのとき、診察前に血液検査をしてもらうので、空腹で来るよう

にといわれた。

そして初診の日がきた。

まず採血をした。検査結果が出るまでに四〇分あった。さらに二〇分待った後の一時間後、担当のH・W医師の前に私は座っていた。後ろには背後霊のように家人が腰をかけていた。H・W医師は採血した検査情報をパソコンの画面で見ていた。私には検査詳細情報と書かれた紙が渡された。

血糖値172、血小板7・5、γ-GTP169、アルブミン3・2。

肝機能の障害を示すAST(GOT)は54。

「30以下にならなくてはいかんですね」

と初対面のH・W医師はその時いったが、なんのそれしき、二年前には70に到達していたものだ、と私は腹の中で見得を切った。

「ALT(GPT)も32と高い。アンモニアの113も高い。正常値の上限値は89です」

副院長兼任の消化器内科部長は五十代後半の眼鏡をかけた小柄な人だった。実直そうな医師はこむつかしい表情でそういったが、それらは私にとっては正常値の範囲であるように思えた。

「アンモニアですか」

肝機能に自信のある人にはアンモニアの数値になぜ医者がこだわるのか理解しかねるだろうが、肝硬変であると宣告を受けた者にとっては、大変に重要なことなのである。

私が最も恐れていたのが「肝性脳症」であり、その発症の原因やしくみはいくつかあるが、その中でもアンモニアの存在が一番影響を及ぼす。肝性脳症とはあまり聞き慣れない病名だろうが、昏睡状態と同義語だといえば、なるほどと頷く人も多いだろう。前ぶれはあるのだが、その症状はイライラする程度だから、あまり気付く人も少ない。だからあるとき急に意識不明で倒れてしまう。当然周りにいる者はあわてる。本人は頭を打った痛みも、流れる血も分からずに気を失って、違う世界に行く道を夢見ているだけだからいい気なものである。

大事なことは、肝機能が低下するとアンモニアの処理能力が低減され、そのため血液中のアンモニアが増加し、そいつが暴れて脳に侵入すると、肝性脳症といわれる昏睡状態になってしまうということである。

そのときH・W医師が突きつけてきた113μg／dLのアンモニア数値を見て、これは医者が脅かすほど高いものではないのではないかと私は思っていた。とかく医者という種族は患者を重病人にしたがるものだ、と腹の中で呟いていた。だが、初診とあっては無礼な言動は慎まなくてはいけないと自戒した。

神妙に黙っていると医師は不意に斜め下から視線を突き上げてきた。

「平成二二年四月の武蔵野赤十字病院での検査では、あなたは肝硬変と診断されているということですね」

分かってしまったのネ、とは口に出していわなかった。これまでの検査結果は全て提出していた。だが、肝硬変を改めて持ち出されると私はぐうの音も出ないのである。

肝硬変は患者に突きつけられた「死刑判決」である。いったん判決を言い渡された以上、現代医学の中にあっては「控訴」「上告」は無効である。即日却下される運命にある。肝硬変には治癒の見込みがまるでないからである。

「お酒を大分呑んでいたようですが、今はどうなんです」と医師は懐疑的な目を向けて訊いてきた。

年末の一二月三一日は暗い内から高尾山に登った。肝臓病の医師からは運動はおろか、肝硬変患者は散歩も控えるようにといわれていた。しかし、その理不尽さに納得のいかなかった私は、根性で運命を切りひらこうと試みた。すなわち、稲荷山コースを麓からゼーゼーとやってようやく登頂し、世間より一日早いご来光を見て深呼吸してから、麓の蕎麦屋で燗酒を呑んだのである。だが翌日の元旦にはほとんど酒が喉を通らなかった。それで、

「お酒はやめています」

と胸を張って答えた。

「いつからやめてますか」

「えー、もう……」

ひと月半、と答えようとしたとき、家人が後ろの席から、

「一週間くらいですね」といきなりほざいた。

「い、一週間?」

眼鏡の奥からH・W医師の目玉がぽっこりと飛び出した。あきれと驚きが同時に表出した。

「となると食道静脈瘤の検査が必要ですね」
「食道静脈瘤？　ですか。あぶれた血の貯水池みたいなところですな」
「そうですな。三週間以内に内視鏡検査をして下さい。看護士から同意書を渡しますから署名してください。えーと、二月二八日は空いていますか」
「空いてます」

意表をつかれる

そして二〇一二年二月二八日を迎えた。ここから冒頭に続くのである。六四歳という年齢が大事なところであった、と数ヶ月後に知ることになる。

朝早く、よたよたと自宅からＴ大学病院にやってきた私はすぐに麻酔をされ、内視鏡検査を受け、そのあと一時間半ほど休み、今まさに「高橋さん」と名前を呼ばれたばかりなのである。

よたよたとしていたのは、その数日前から体調が悪化して、散歩することはおろか、椅子から立ち上がるのも億劫だったからである。当然肝機能障害によるものである。そして二月二七日の夜は夕食後、二階の寝室に上がるのもつらくなって、家人に一階の和室に布団を敷いてもらって寝ることにした。そこで何事かと大喜びで頭突きをかましてくる氷見子の歓待を受けて、眠れぬ夜を過ごす羽目になったのである。氷見子とはブルドッグの愛犬である。三歳体重一九キロ。

消化器内科の診察室に入った私は、Ｈ・Ｗ医師のデスクのすぐ隣にある丸い椅子に腰を下ろした。

家人は前回と同様、背後霊となって座った。H・W医師は眼鏡の縁に手を置いて画像の貼られた画面をみていた。

「食道ガンだな」

照明盤に内視鏡で写し出された鮮明な食道画像を仔細に観察して、医師はそう呟いた。

「へ」

と私はいったようだ。今時珍しい落とし穴に落ちた感じがしたのである。

第二章　不機嫌な患者

初めてのガン告知

私は返答をせずに黙っていた。どう反応してよいのか分からなかったのである。ただ少しだけ、自分の気持ちを反芻することはできた。それは、「食道ガンだな」とＨ・Ｗ医師から何の前触れもなく言い渡されたとき、まず最初に浮かんだ言葉が、

「伏兵現る」

だったことである。私はガンの検査をしたつもりはなく、内視鏡で食道の静脈瘤の検査をするからおいでといわれてやってきたのである。食道ガンなんてやつは一体どこから出てきたんだと思っていた。

通常、検査を受けた患者は、「ガンです」と医者から告知されると、頭の中が真っ白になるそうである。

知り合いに道路舗装業をしている頑丈な体をもった男がいて、彼はゴルフでは日本アマに出場するほどの名人であったのだが、ある日健康診断を受けた際、医者から唐突に「肺ガンです。片方だけならなんとかなるのですが、両方の肺に腫瘍がある。手術は無理ですね。余命一年八ヶ月です」といわれてまさに頭の中が真っ白になって何も考えられなくなったそうである。

「余命一年八ヶ月というのが効いた。リアリティがありすぎだよ」

と彼は後日無念そうにいっていたが、それは平然と告知をかました医師への怨みを込めてのことである。彼はその医者の前を憤然と辞し、次に真っ青になってあちこちの病院を訪ね歩いた末に、水戸にある県立病院の副院長から手術は可能だといわれて、気持ちだけでも先に生還できたのである。二度の手術もうまくいったが体力はかなり落ちた。亡くなったのは手術後三年ほどした頃である。今だったら手術そのものをすべきではないと、私は意見をいうところだが、手術すれば元通りの身体になれると信じ込んでいた彼に、反対するだけの理由が見いだせなかった。彼は水戸の県立病院の副院長には最後まで感謝していたが、尋ねてもいないのに、余命の年月まで口にしたガンセンターの医師から、ひどいストレスを受けたことには憤激していた。

私の頭の中が真っ白にならなかったのは、丁度二年前に肝硬変で「余命四ヶ月」の死刑判決を受けていたからである。その四ヶ月の死の宣告は突破したが、血小板数は通常の三分の一に低迷したままで、いつ死んでもおかしくない状況に変わりはなかった。だからガンごときにオロオロしている閑《ひま》はなかったのである。

「食道ガンですか。胃の静脈瘤の方はどうなったんですか」

伏兵現る、の最初の印象からようやく現実に戻った私は、内視鏡で撮影された画面に目を向けているＨ・Ｗ医師にそう尋ねてみた。後ろで座っている家人は息を呑んだまま静まり返っていた。

「通り過ぎることがよくあるんですよ」

最初、Ｈ・Ｗ医師が何を言いだしたのか分からなかった。

「胃カメラでは食道を通り過ぎてしまうので、はっきりしたことは分からないので、内視鏡検査にしたのです。分かりにくいですが、食道のこの部分が微かに白くなっているでしょう」

そういってＨ・Ｗ医師は画像の一部を指さした。白くみえるようだが、私には判別できないので、う、と唸っていた。

「この程度のガンだったら内視鏡手術で済むはずです」

「済みますか」

と口にしたが実は内視鏡の検査と手術の違いがよく分からなかった。検査のついでに胃のポリープを取ったという話を聞いたことがあったからである。

「ええ。うちにはＯ先生という内視鏡手術では日本一の方がおられるんです。平塚にあるＴ大学病院の院長でもあるんですが、幸い今日は火曜日なのでこちらで手術があるので来られているはずです。患者さんが全国から来て大変お忙しいのですが、なんとか早めに手術ができるようにあとで相談してみましょう」

「この程度といわれましたが、どの程度なんですか」

「まあ、初期の段階ですね」

消化器内科部長ともなるとガン告知にはなれているらしく、ごく普通の表情でH・W医師はいった。もっとも額に皺を寄せてじっと見つめられるのは、こわい。

「あのう、静脈瘤の検査はどうなったんでしょうか」

「ここです」

得たりとばかり、医師は映し出された食道の画面を指さした。よく分からないが、なんとなく管に乱れがあり、白っぽい泡が吹きだしている。

「これが食道の静脈瘤です。私が心配していたのはこの静脈瘤のことなんです。ガンを焼く前にこの出ている部分の静脈瘤を処置する必要があります。瘤の数が多いので一度の処置ではすまないでしょうが、それはO先生の判断に任せることになります。奥さんも承知しておいてください」

H・W医師は背後にいる家人に首を回して視線を向けた。家人は、はい、と返事をしていたが、診察室に入ってまだ三分とたっていないので、相当面食らっているようであった。最初に書いたように、私自身は三四歳のときに千駄ヶ谷にあったH外科病院で「十二指腸潰瘍である」と診断され、その手術のために十二指腸の球部と胃の四分の三を摘出されていたので、手術の苦しさは経験ずみだった。そしてもう胃はないのも同然なので、再びこいつを切るような手術を受けることはないだろうと思っていた。

現在の医学だったら十二指腸潰瘍は投薬と点滴で治してしまうから、手術をすることはめったにない。たとえそうすることはあったとしても胃を四分の三も切除しないだろう。それでは目的は十二指腸潰瘍を取り除くことでなく、胃ガンの手術になってしまう。私の場合は手術中の不手際が元で肝臓をやられ、そのために二ヶ月も余計に入院を余儀なくされた。部屋は院長自身が勝手に特別室を取ってしまったので、退院時は卒倒するほどの高額な入院費をとられた。

ひどい時代だったのである。

なぜ手術することになったのかとつらつら思うに、手術にもブームというものがあり、三十数年前の当時はたとえ胃潰瘍であろうとも「切る」ことがブームになっていたのである。

医者や医学に携わっている人は、保身主義で秘密主義であるから決してそんなことはいわないが、「切る」ことがもてはやされた時代が現実に存在していたのである。

「それでこれからどういう予定になるのですか」

ガンを告知された私は、まだドッキリを仕掛けられたアホくさい思いの中で、H・W医師にそう聞いた。それから、途中で止まったままになっている長編小説『猫はときどき旅に出る』を死ぬまでに終わらせるべきではないのか、とそのとき憤然と思い当たった。

「まず、手術できる日を確保します。まともに順番を待っていると半年先になることもあるんです」

「半年先は長いなあ。それまでに死んじまう人もいるんじゃないんですか」

H・W医師はそこで口を閉ざした。見ると、唇付近がおだやかになっている。

「そんなことにはなりませんよ。それに食道ガンと聞くとびっくりしてしまうでしょうが、腹を開いて手術するわけではなく、内視鏡で手術できますから、奥さん、安心してください」

背後にいる家人は頷いたようであった。しかし、外科手術には変わりがない。イボを除去するような説明でいいのだろうかと疑問が湧いた。それにH・W医師はこともなげに食道ガンと食道静脈瘤を一緒に並べて口にするが、食道静脈瘤の延長線上にガンがあるわけではない。

それはまったく別のもので、静脈瘤はあくまでも糖尿病、アルコール性肝炎、肝硬変と悪化をたどった結果、肝臓の門番ともいえる門脈が流れ込んでくる静脈血を拒むことから始まる病状なのである。行き場を失った静脈血は、仕方なく血管の側道に新たな道を造って食道方面に流れていくしかないのである。やがて血の池ができ、瘤となって脹れあがる。食道静脈瘤の手術は、肝硬変になった者の宿命でもある。

だが、ガンは普通の細胞がガン化してしまうもので、いわば突然変異である。ガンのできる予兆など誰にも分からないし、ガンを予防するとする医療機関は眉唾ものである。

ＣＴ検査で被曝する？

「とにかくここに出ている静脈瘤が破れたら胃の中は血だらけになり、出血多量で亡くなることもあるんです。手術日までにＣＴ検査をしましょう。二週間後の三月一四日でいいですか」

「また検査ですか。なんのためにＣＴ検査をするのですか」。私は急に不機嫌になった。「それはＣ

Ｔ検査であらゆる病変や悪性腫瘍の診断ができるからです。胸部は肺気腫、乳ガン、食道ガン、腹部は肝臓、胆嚢、膵臓を調べます」

「でももう私は食道ガンと内視鏡検査で分かっているのですから、それ以上検査する必要があるのですか」

「内視鏡では観察できない悪性リンパ腫の転移も分かります。ＣＴ検査だけは手術前にはやっておいたほうがいいですよ」

と医師はサービス業の営業部長の口調になっていった。そういわれて「いやだ」といえる患者はいない。悪性リンパ腫があれば別の内臓へ転移していることも考えられる。だが、そう判明したとき、残された手だてとして何があるのか。

だが、それはそれとして、私は以前よりＣＴ検査に疑問をもっていた。Ｘ線を立体化した検査で分かることより、ＣＴスキャンで失うことのほうが多いように思っていたからである。

それは英国医学界から「日本のガン死亡率の３・２％はＸ線やＣＴ検査による被曝が原因である」といわれていたからだ。これは世界ワースト１の記録だ。それに内視鏡検査で食道ガンだと判明している患者に、さらにＣＴスキャンする必要があるのだろうか。

「ＣＴ検査は気が進まないですね」

「どうしてですか」

「患者にとって救いになることがないからです」

ＣＴ検査で肝細胞ガンの出現が分かったところで、肝硬変で血小板が５万以下の私が医者に頼れることはあまりない。肝臓を半分切り取る手術を受けたら恐らく出血多量で死んでしまう。それに私の場合は採血検査で肝ガンは認められなかったから、せいぜい慢性肝疾患といわれるだけだ。あとは悪い病気を探し出しての告知オンパレードとなるだろう。医療機関とはそういう商売をする店なのである。

だが、そんなに病気を並べ立てられたあとで、患者が「ああ、検査を受けてよかった」と胸を撫で下ろしたりするものだろうか。帰り道は陰々滅々になるに決まっている。病院に行くことでストレスが溜まり自律神経がやられる気がする。

（もしかしたら、病院の目的はそこにあるのではないか。健康な人間に恐怖心を植え付け、患者に仕立てることにあるのではないか）

これを「善意の脅迫」という。

「だいいち被曝量が多すぎるんじゃないんですか」

東日本大震災のあと、国は年間20ミリシーベルトの被曝線量を避難の目安とした。だがそれは胸部、骨盤ＣＴスキャンで受ける被曝量と同じなのだ。Ｈ・Ｗ医師が私に指定した造影ＣＴ検査では国の目安の倍、40ミリシーベルトを被曝することになる。

現在日本人は「災害」で受けた放射線被曝量にはかなり敏感になっている。幼児を持った金持ちの中にはフランスに家族で避難移住した人もいる。

だが、そういう人たちも含めて多くの日本人が「医療被曝線量」に関してはびっくりするほど鈍感なのである。これも「医療」という「印籠」に平伏することに慣れてしまっているからなのだ。

「被曝線量は高いですが、年に一回なら大丈夫ですよ」

Ｈ・Ｗ医師はぎこちのない笑みを口許に浮かべたようだ。私はＣＴ検査やＭＲＩで簡単に診断を片づけようとするこの頃の病院の風潮に不満があった。手首をとって脈を計りながら患者から状態を聞き、そして対処する医者こそが医療に従事する人といえるのではないか。

かつて町の赤髭先生といわれた医者は、患者の脈に指をあててしばし瞑想しただけで、内臓のどこが悪いのか判断し、的確な助言と必要ならば適切な処置をすぐに施したという。決して目立つことはない医者であっただろうが、住民はみな頼り切っていた。そこには不審もストレスも生じない。

Ｈ・Ｗ医師は現代の医療最先端におられる医師である。普段からガンのことを研究しているわけでもない一般人の私には、それ以上論争する知識など持ち合わせてもいなかった。なんせ、だしぬけに「ガンだ」と告知された私は、「落とし穴」状態だったのである。

診察室を出ると待合室の長椅子に座った大勢の患者が鬱屈した顔を向けてきた。そのとき、永い一日がようやく終わったのを知った。その日の収穫は「ガン告知」だけであった。なんだか騙されたような気分だった。

造影剤注入悪夢

よれよれになって家に戻った私は、家人が作ってくれた「おかめうどん」を食べてから、一階の和室に敷かれた布団に横になった。前夜同様、愛犬「氷見子」が頭突きとビンタをかましてきたので、私は布団をはねとばして押さえ込んだ。そのときT大学病院から電話だと家人が知らせてきた。わざわざH・W医師が自らかけてきたものだという。起き上がると「氷見子」は掛け布団の上でバンザイをした格好のまま、哀愁を漂わせた目を天井に向けていた。

「H・Wです。O先生にも内視鏡検査の画像を見てもらったのですが、やはり食道ガンがあるということです。高橋さんは肝硬変なので血小板数が少なく、開腹手術は出血多量になり危険だそうです。手術は内視鏡で行います。内視鏡手術でガンは寛解できるそうです」

そんなに簡単にいくものなのかと不思議に思った。

「ほうっておくとガンは浸潤してしまいます。そうすると内視鏡手術では治らなくなります。それで入院ですが、偶然キャンセルが出まして、O先生は四月一七日の火曜日にまず食道静脈瘤の処置をしようといわれています。静脈瘤が破れて出血しては食道ガンの手術はできませんから、その前に固めるなり縛るなりして内視鏡が通れるようにしなくてはなりません」

固める？　縛る？　くんずほぐれつということか。

「その前にやはりCT検査を三月二八日にしましょう」

やはり、というところにH・W医師の逡巡のあとが窺えた。早めにCT検査機械を納入した病院は一億五千万円を払った。現在ではその一割以下にまで納入価格は暴落している。しかし病院としては元を取るのが大変なのである。

翌日、私は府中にある村上医院に出向いた。家庭医のM先生に食道ガンになったことを伝えるためである。挨拶のあと、体調はその後どうですか、とM先生は温和な顔を向けてきた。

「食道ガンになりました」

あっさりというと不意にM先生の顔が青ざめた。それから、食道ガンの予測はできなかった、自分が至らなかった、と詫びた。

だがどんな名医でもガンの予測など不可能だ。私はそういいたかったが、口に出すことは控えた。私にとってM先生は善良で頼りになる医者だった。

私が肝硬変だと武蔵野赤十字病院の名医に宣告されたあと、M先生はあらゆる手を尽くして治療できる医療機関を探してくれた。その内のひとつが山口大学医学部消化器内科学だった。ここでは坂田功教授を中心に「肝臓再生療法」を研究しており、そこでの「自己骨髄細胞投与療法」は医学界の注目を浴びていた。肝硬変を治すというのである。勿論まだ治験の段階である。

M先生はせめて私に臨床研究の対象になれるように、色々とアドバイスをしてくれたが、結局、アルコールが原因の肝硬変の患者の私は対象外にされた。M先生は、失望し新幹線に乗ることもためっていた私の代わりに、家人にあらゆる資料をもって山口大学医学部に行くことも薦めてくれたが、私の方でそうしても無駄だと判断した。もはやこれまでと覚悟を決めたのである。肝硬変になったのは私の放蕩三昧のせいであるし、自業自得であったからだ。半年間禁酒したのは、傲慢な武蔵野赤十字病院の医者に対する怒りの証明であったにすぎない。

「でも食道ガンとは伏兵でしたよ。ガンになるなら肝臓ガンだと決め打ちしていましたからね」

物事を深刻に考えるのが苦手な私は、肝臓ガンになったら山王病院に行って、三〇〇〇ボルトの電流を流したナノナイフで腫瘍を切ってもらえれば、二年くらいは延命できるのではないかと気楽なことを考えていたのだ。当時、九州医療センターではマイクロ波でガンを焼いていると も聞いていた。

「内視鏡手術でやるそうです」

とM先生にいうと、それならよかったとホッとした表情で呟かれた。今さらながら好人物のM先生を裏切り続けた自分を呪った。重度の糖尿病になったときには、この病いばかりは本人に治そうという気持ちがない限り、他人がいくら治療を施しても克服はできないのです、あなたは何のために医者にかかっているのですか、とM先生は私を叱りつけてきた。それでも私は酒を飲み続けていたのである。

M先生に食道ガンの報告を終えると、私はインシュリンをもらうべく処方箋を書いてもらって村上医院を出た。M先生を悲しませてしまった自分が情けなかった。そう思うと少し涙が出た。

だがひと月後のCT検査を受けた私は、不機嫌を通り越して閻魔大王のように荒れた。

CT検査の前に静脈に造影剤を打った臨床技師の腕が、あまりに不出来だったからである。静脈に注射針を入れるのに四回もやり直しをし、その度に激痛に見舞われた私は右腕が千切られる思いをした。しかも、痛エといった私に「あんたの血管が細いので針がうまく入らないんですよ」と己れの未熟さを患者のせいにしたのである。

そこで「温厚(!)」な私もキレた。

「外科医に替えろ。でなければやめる」

そういってベッドを降りかけた私を別の技師が押し留め、すぐに外科医を呼んだ。

やってきたのは涼しげな顔立ちの若い女医だった。やはり外科医の腕は確かでわずか二秒で注射針を静脈に刺しこんだ。造影剤を注射された私は、丸い土管のようなCTの中で仰向けになった。そこで、そういうことならここで入院することにしてもいいか、と不遜にも考えていたのである。

第三章　夜明けの囁き

さらば友よ

「食道ガン」を告知された私には、断腸の思いで決意せざるを得ないことがひとつだけあった。「酒」との決別である。

他人の目からは私は随分自分勝手に、思うがままに自由に生きてきたと見られている。迷惑をかけられたと怒っている人もいる。その通りだ。だから組織を離れてひとりで生きることに決めたのだ。その時点で、一般の人が抱く家庭的な幸せとは無縁な道を歩むことになった。だが偽善者を嘲笑い、海坊主のような荒海に向かって笹舟に乗って漕ぎだしたものの、たびたび夜の海に放り出された。

実際に私が受けた傷のことごとくは致命傷に近いものだった。公平であるはずの文芸評論家やジャーナリストも、自分たちに媚びを売ろうとしない生意気な奴という理由だけで、今やアリンコになって池で溺れている、何の後ろ盾もない木っ端作家の上に石さえ投げつけてきた。

六〇歳になり心血を注いで書いた原稿を、新人デビューした出版社の編集部から、一顧だにせず突き返されるようになったとき、小説も下手なら生き方も下手な奴なのだと自嘲した。

そんな私にとって親友といえるのは「酒」だけだった。

冬の夜、旅先の雪道にポツンと明かりの灯った赤提灯を見つけたときは、言いしれぬ懐かしさに胸があつくなった。

熱燗から注がれた酒が、腹の底のさらに底に灯をともすとき、私は酒という親友の、「人生はいいな」という愛おしげな囁きを聞くのであった。

その親友と永遠に別れなければならない日がきたことを、はっきりと知った。ガンになったから別れたのではない。最早、酒がうまいと感じなくなってしまっていたのだ。体が酒を拒絶したのである。

絶望のあとに垣間見たのは、地獄だった。

まず静脈瘤退治

想像していた通り、CT検査で新たに分かったことは特になかった。慢性肝疾患であり、肝ガン細胞の出現は明らかでないという臨床結果が出されていた。他には「動脈硬化症の疑いと骨盤内に少量の腹水」が認められたという。六四歳の男なら誰だって「動脈硬化症の疑い」くらいはある。これで検査料は二万円である。国民健保が破綻するわけである。

静脈瘤を固める手術までひと月ほどあった。私のふくら脛は五〇センチのお化け茄子のようにむくんでいた。栄養の代謝不具合と解毒作用の弱まった肝臓が生み出したものである。それに血行不良のせいで足首が直角に曲がったまま動かせずにいた。だから家の階段を上ろうにも四つん這いにならなくてはならなかった。先に二階に上がった愛犬氷見子が心配そうにオッサンを見下ろしていたが、ゼンゼン手を貸そうとしなかった。しかしこれではいかんと思い、痛みに耐えて踵に体重をかけて必死で毎日千メートル歩いて血糖値安定を目指した。

しかし、付け焼き刃の努力で血管内に堆積した血糖が洗浄されるはずもない。

ふくら脛がむくんだままに四月一六日に入院した。ガン宣告を受けてから五〇日後のことだ。家を出る前、殺気を感じた氷見子が玄関の敷居に座って靴を履いている私の太腿の上に腹を載せて、行かせまいと踏ん張った。そのときふと、このままここに戻ることはないのではないか、という不吉な予感が胸を掠めた。

病院の玄関に入ると、引退した警察官がごつい体を守衛服に包んでにこやかに迎えてくれた。不気味さを感じたのはそこまでで、病室に入ったときは病人の心構えができていた。つまり、「虚無」の心境である。創作の瞑想ができるようにと、家人が朝日が望める窓のある六階の個室をとってくれていたのは近年にない美談であった。それだけの疑似書斎の環境が整っていれば、連載しているエッセイと時代小説、それに劇画原作を休載することもなく、生活保護費を遥かに超える原稿料を生みだしてくれるのである。

感慨にふける間もなく点滴になった。「ヴィーンD」と書かれた点滴液を看護婦(師、ではない)が用意してくれたので、どういう成分だと聞くと「水です」と答えた。昼も夜も点滴針が刺しっぱなしにされる。これで鎖でつながれた犬になったな、と打ちひしがれた犬の姿を思い浮かべていると、「やーやー」といって恰幅のよい七〇歳位の白衣の大御所が入室してきた。

「初めまして、Oです。さっそくですが明日、静脈瘤を処置します。少し血糖値が高いがやれるでしょう。でも一回じゃ終わらないな。静脈瘤がたくさんあるんですよ。ひとつ処置してもまた出てくるだろうから、もぐら叩きですな。ほんじゃ、明日」

なんだか軽い感じの方だったが、そういう外科医のほうがえてして腕は確かなのだ、と思うようにした。O御大が病室を出ていったあとで、助手の人から食道静脈瘤の処置方法を聞かされた。

「まず、静脈瘤に硬化剤を注射していったん固めます。その固めた静脈瘤をOリングと呼ばれるゴムバンドで結紮《けっさつ》します。血栓化させるわけです。そのうえで脱落させます」

私はその説明を、瘤取り爺が瘤を捩《ねじ》って、根元から切り離す様子を思い浮かべながら聞いていた。

その夜は食事をとらず、翌朝も飲食は禁止された。九時になると車椅子が病室に運ばれてきた。それに乗って地下一階までいった。車椅子に乗って人に押されるのは初めてのことだったので、なんだか愉快だった。家人と六七歳の実姉が付き添ってきた。

液状の喉頭麻酔薬を喉に溜めたあと手術室に入った。O御大がデスクに向かってカルテを見ていた。随分真面目な表情をしている。

私は看護師（男である）に促されて左腹を下にしてベッドに横になった。前夜、静脈瘤の処置を説明してくれた医師が「咽をなめらかにする麻酔薬です」といって、キシロカインを咽頭にスプレイした。それから点滴水の中に麻酔薬と鎮痛剤を入れた。眠気はすぐに襲ってきた。

その内、O先生の鼻歌が聞こえてきた。それが手術終了の合図だった。

手術は正味三〇分程だった。ただ、助手の人の話では静脈瘤に硬化剤を注射するだけで出血するので、その度に止血するのが大変だったという。モニター画像で手術の様子を見ていた実姉は「注射針から水が出たりそのヘンから血が出たりしていた、ね、和ちゃん」ということであった。姉は中学校の卒業式では総代を務めていた。あれから五二年。旦那の馬鹿は妻に感染するのだと私は感心した。

病室に戻って眠った。その間にも固太りの看護師や女性薬剤師、掃除婦、血糖値を計る看護婦、血圧係などがひっきりなしに入ってきて患者を不眠症にさせた。

メビウス気流法で鍛錬

夕方になってO御大の検診があった。やあ、変わりないですか、と入ってくると、返事をする前に、よさそうですねと納得してすぐに部屋を出ていった。先生へのお礼の金品を持ってあわてて後を追っていった家人が戻ってきて、「かなり重症で大変だったそうよ」といった。

「あのね、食道には大小一三個くらいの静脈瘤ができていて、破裂寸前だったそうよ。大出血になるところだったって。それで死ぬ人もいるらしいわ。次もいくつか固めて除去するそうだけど、手術は三回は必要だといわれたわ」

絶食から半粥になり、全粥が膳に載ったときには、火曜日の手術から四日目の土曜日の夜になっていた。おかずは五目豆腐、青菜、長芋の煮物である。カロリーは５７０キロであった。おかずが少ない割にカロリーが高いのは炭水化物のせいである。日本糖尿病学会ではいまだに糖質制限法を認めておらず、糖尿病の患者にも毎食五〇％の炭水化物を摂取するように指導している。どちらが生きる者への正しいアドバイスなのか分からない。正反対の治療法があるのは患者としては困惑するばかりである。


六一キロあった体重は日曜日の朝にはすでに五四キロに落ちていた。ダイエットなんて簡単なことだと思った。毎日、病人になった気で五日間を過ごせば、腹デブが贅肉すっきりお腹に変身できるのである。ダイエット食品なんか不要だし、あれは製薬会社と食品会社の脅迫の一種だと悟った。

翌週の月曜日も瘤取り爺が登場し、いくつかの食道静脈瘤を収穫して満足げに去っていった。この爺さんがヘドロのような静脈瘤を捩り取ってくれるので、食道ガンまで風光明媚に見渡せることになり、内視鏡も立ち往生することなく進めるようになるので、ガン手術が可能になる。瘤取り爺さんは妄想の産物だが、なんだか〇御大のように頼もしく思えてきた。

二回目の静脈瘤手術が終わった翌日の火曜日の夜、妄想からいったん覚めた私はベッドからよろよろと起きあがって窓辺に立った。そして新鮮な空気をたらふく吸いこんだ。そのときふと思った。

「酸素を腹一杯吸ったのはいつ以来のことだろうか」

高尾山に登ったときかもしれないが、自分としてはただ、ゼーゼーとやっていた記憶しかない。酸素を吸いながら、

「おまえは丈夫な身体になるのだ、生きて、やるべきことをやるのだ。おまえにはそれだけの価値がある」

と言いきかせた。私はかつてメビウス気流法という、体の中の細胞を互いに交流させる呼吸法を坪井香譲という方から習っていた。頭の上から足先まで∞の光を描く鍛錬法である。すると酸素が血管内の糖分を浄化してくれる。気流法はただ両腕を上げるのが基本である。すると互いの器官が挨拶を交わし、それぞれが情報を交換し、両腕を上げている人を健康にするにはどうすべきか、話し合い実行するのである。

ガン細胞はブドウ糖を取り込みやすい。それは私の理解では、糖尿病患者はガン細胞に好まれるということになる。ヤバイのである。だから血管に入って糖を浄化させる純粋酸素が必要になる。

スースーとやるだけで糖は気流に流されていく。そうしながら遠くの高速道路に現れては消えていく照明灯を見ていた。暗い道路は糖分の付着した汚れた血管のようであり、移動していく微かな明かりは酸素の粒のように思われた。

その夜から、私は今は亡き編集者Kと約束した小説の第三章の一六二枚目から書きだした。二年以上中断していたので、心地よい緊張が走った。作家という職業であることの幸せを感じた。

「食道ガンになるのも悪いことではないな」

夢のような未知の街道を歩み出しながら、本気でそう思っていた。ガン患者でありながら、ガンとは無縁の「さすらいの猫」を主人公にした小説を書いていた。二〇ワットの明かりを携えて、まったく未踏の荒れ地を、夜中の病室でひっそりと切り拓いていく。

作家という仕事は特殊な世界で、妄想さえ希望と眩しい光に彩られた光景に変化させることが可能だ。だが自由人である作家が考えたことは、そっと胸に秘めておく必要があった。

病院が静まり返ると、私はパソコンを開いた。腹はへっていたが、あらゆる香りを含んだ風が乱舞する至福の時間であった。朝靄が、窓辺から薄ぼやけた橙色の向こうに漂い始める頃になると、私は眠りについた。眠る前には必ず気流法をして静かなる肉体鍛錬に努めた。

病院食拒否の屁理屈

手術後五日目の病室では、出された糊粥など食わずに、家人に作ってもらった特製の京風糖質制限食を食べた。

「病院で出されたものだけを食べてください」

と体重八七キロの看護師が眉間に皺を寄せていった。

「では君が食え。この粥は障子紙張りに使う糊と同じだ。こんなまずいものを食っていたら誰だって死にたくなる。まさかそれが目的でまずくしているんじゃないだろうな」

そう私がいうとゴジラの相棒であるミスター・アンギュラスは押し黙った。

彼に罪のないことは私にだって分かっている。だが食生活は人間が生きていく上での楽しみの大きな部分をしめているのである。ことに病人はそうだ。それを奪い取ってまでする治療とは誰のためのものなのか。医療機関がマニュアル通りにすることによって、救われる命がどれほどあるというのだろう。無理強いすることが仕事だと勘違いしている無神経な医者や看護師には、「遺書にあんたに殺されたと書いてやる」と本心をいえばいいのである。無論、医者からの虐待がこわいので私自身はそんなことはいったことはない。

病院で働く人々は、患者から意見や反論が出れば「これが私の仕事だ」と言い張って問題をそらそうとする。だが患者にしてみれば「早く退院して楽しく生きたい」と願って病院に入院しているのである。おまえらの仕事とは、患者に幸福をもたらせるためのものであって、自分たちが食っていくのは後回し、でよいのである。それが医療に携わった者の宿命なのだ。医療とは崇高なサービス業だ。それなのに、検査で出た数字にとらわれて、ご飯すら安くてまずい古米を選んで患者に食えと強要する。ほとんどの患者はいいなりになるが、その我慢はストレスを生み出すのだ。

ストレスがガンを始めとした病気の原因であることは分かっている。現代医学では十分に解明できていなくても、生きている人間である私は感覚として分かっている。自分を生かすのに医学的な解説など不用なのである。

すなわち、そのストレスの原因となるものを取り除くことが、生きている人間の第一番になすべきことである。

免疫療法の医師はまず最初に、「ストレスは交感神経を優位にさせ、顆粒球を必要以上に増加させる」と発言する。顆粒球は白血球の一種で細菌を処理するのが仕事だが、ストレスによって増えすぎると今度は組織を破壊してしまう。

よくいわれるのは上皮細胞のガン化を促してしまうということである。だからストレスは我儘をいってでも排除しなくてはならない。

その第一弾が病院で出される食事を拒絶することなのである。そこで家人の手料理の登場となる。これがおいしい。舌が喜ぶのである。「うまい！」というと家人は喜んで翌日はもっと手の込んだ弁当を作ってくる。ブタもおだてりゃ木に登る、のである。（その言い草はあんまりじゃないの）

すると楽天家である私の副交感神経が活性化する。

リンパ球が出やすい状態になるのである。

これは人をリラックスさせる効果がある上に、生命の源である免疫力を増加させる。リンパ球は純真な細胞を攻める悪いやつと戦ってくれる。それどころか、ガン細胞となった異常な細胞を抑えてくれるのである。つまり楽天家気質が、必殺ガン仕掛け球を増殖させるのである。

私は三度目の手術の前の四月二八日にいったん退院させられた。それはゴールデンウイークを挟んで病院の人手が三〇％に落ちるからである。T大学病院だけでなく、どこの総合病院でも自分たちの都合で患者を弄ぶのである。

しかし、私は希望を持つことができたことで、病院に感謝したい気持ちになっていた。メビウス気流法とストレス解消のための家庭弁当、それに真夜中に執筆することの充実感を得たからである。ゴールデンウイークの間、私は氷見子を連れて陸橋まで行き、月明かりに煙る高尾山の隆々とした黒い影を眺めながら、気流法と空手の型を繰り返した。剣道三段、空手二段であった頃の遠き日の思い出が蘇った。口に入る酸素に生命力という味が載っていた。なんだか少し脳が若返ったような気がした。

第四章　ガン退治に効果的な食事法

京料理と玄米の合体

ゴールデンウイークは患者にも休暇をとらせてくれた。

まず病院で夢にまで見ていた蕎麦を食べた。家人が茹でてくれた信州ソバ１００、更科ソバ50の合わせ蕎麦であった。死ぬほどうまかった。付け合わせのサラダ、ふんわり出し巻き卵、納豆豆腐が味わいを深めてくれた。

翌日から通常の食生活に戻った。

幸いなことに私の母は京料理の先生をしており、生前、家人は母から手ほどきを受けていたので、朝の膳は京都の旅館で出される食事と寸分変わらないものが出てくる。一汁十菜。茶碗蒸しの蓋を開けると宝石箱のように海老、蒲鉾、銀杏などが卵の中に隠れている。ご飯は白米8と玄米2で茶碗に軽く一杯である。この割合が私にとっては一番おいしくいただけるのである。胃が常人の四分の一しかない私にとっては噛むのに丁度よい固さなのである。噛むほど味わい深くなる。

玄米は硬くてまずいからと白米一辺倒の人が多いが、それは脚気を歓迎しているようなものである。江戸時代、大商人はみんな脚気になった。

ただし玄米食だけでは肉体が枯渇する。炭水化物を体が要求するのはそれなりに理由がある。母が握ってくれたおにぎりに優るエネルギー源はなかった。おにぎりはやさしく三回握るのがこつなのである。それを山本山の海苔でそっと巻く。うまかったよナー。母は八五歳まで生命保険の外交員として働いて、家族の食卓を豊かにしてくれた。

糖質制限法に凝り固まっている人も結構多いが、それは数字上血糖値が下がるだけで頭脳も肉体も衰える。凝っている人は玄米を茸類の出し汁で炊いているが、まあお好きなように、というしかない。

麦も健康にはいい。米7麦3の食を味わった刑務所帰りは、就職難であることを除けばみな糖尿病に縁のない体になってシャバに戻ってくる。私は次に転職するなら立ち食い蕎麦と麦飯屋か「玄米パンのホヤホヤ」売りになろうと考えている。こっそりと開店資金のため株投資もしている。（なんと私には株式投資の著作本もあるのである）

食事のおかずは京料理の「おばんざい」が中心だがそれだけではない。今日はこれが食べたいと頭に浮いた料理をまず食べる。ややエンゲル係数が高くなるが、食こそ幸せの基。身体を健康にさせ、光り輝く肌をもたらしてくれる。

それに肉、総菜を食べない人はタンパク質不足で死ぬ。表立って語られることはないが、ガン患者の死因のほとんどは、ガン細胞ではなく栄養失調だと専門医は知っている。「食」の領域は医学では追いつけない、感性と充実感の領域なのである。食いたくもないものを「栄養がある」といって子供に無理強いする親は殺し屋同然である。子供は簡単に自律神経がやられて失調症に陥る。

これは身体にいいと無理強いさせられて食わされることほど、苦痛なことはないのである。カレーライスが食べたいといえば、毎日食わせればいい。その結果、栄養が偏ると心配するには及ばない。美人と一緒で、「食べたい物」はいつか飽きるのも早いのである。

相手が百歳の老人ならば我儘を黙って聞いて、鰻が食べたいといえば毎晩出してやればいい。やがて満足して成仏する。

家庭料理で案外見過ごされがちなのが器である。ここが病院で出されるプラスチックの皿との違いなのである。

他の病院でもそうであったが、T大学病院で出されるプラスチックの皿に置かれたおかずは貧弱で、卵など黄身まで白くふやけていた。病院食がまずいのは患者のことより職員の労働時間を優先しているると同時に、完全に手抜きでもあるからなのだが、それ以前に料理人としての心得を持っていない。

「器は料理の着物である」

といった魯山人の言葉を嚙みしめるべきだ。今時プラスチックの皿など使っているのは小学校と拘置所くらいだ。病院では患者の繊細な食生活など関知せず、まず最初にカロリー制限で決めるので味つけに無関心である。

医者や管理栄養士は、糖尿病の人はカロリーは一日１４００キロまでだとのたまうが、それでは五目焼きソバ二皿で制限オーバーとなる。だいいち頭脳に栄養が回らない。コレステロールの値が上がることを気にする人も多いが、それは食べ物のせいではない。コレステロールが糖尿病その他の病気に影響を与えるのはせいぜい一〇％から二〇％で、一番の悪玉は「中性脂肪」なのである。

ケーキは別腹といっている欲張りネーちゃんは、糖質がそのまま中性脂肪となり、腹ボテおばさんになっていくことを喚起しておこう。そこで一句。

「初夜の床　豚も逃げ出す　中性脂肪」

そんなわけでもともと大食漢ではない私は自然と腹七分を決め込んでいた。満腹しないと食った気がしないという人は、そういう育ち方をしているのであって無理に空腹を我慢しないほうがいい。しかし早死にをする。長生きしたければ、卑しい食欲を抑えちまえばいいのである。現代は人間を簡単には餓死させせない。

家が貧乏だったので道端の野草を食っていたという人もいることはいる。先日会った二二歳の女優がそうだった。だがそれだって幸運に転化させることは可能だ。いよいよ餓死するというところまで空腹に耐えた者には「アディポネクチン」というご褒美が与えられるからである。これは知る人ぞ知る長寿のホルモンである。これが脂肪からたらたらと出て、血管を若返らせる。すなわち、糖尿病から脳血栓、脳梗塞に至るまでの血管をきれいにしてくれるのである。糖尿病は万病の元なのであり、それはすなわち、血管の病気なのである。

塩分はガンの好物

「塩分控え目」は医者のお題目のひとつである。律儀な性分の人の中には一日９グラムと決めて秤を持ってレストランに行くことを習慣づけていたりする。だがそんなに自分を厳格に律しては、塩分で身体がやられる以前に、自律神経が「塩分控え目」病に犯されて認知症になってしまう。

人の心は医者などが思う以上に自由を縛られると萎縮し、機能を失ってしまうものである。では何故医者は自律神経がやられないのか。それは毎日、「あんたの心臓は三分の一やられているから、もう歩けないよ」と患者を苛めて憂さを晴らしているからである。友人の作家、故北原亜以子さんはＪ堂大学病院の担当医からそういわれて憤死したのである。「ガンですな」と告知して蒼白になっている患者を前にさっぱりとしている医者は、自律神経が安泰である。狂うのは自分がガンだと分かったときと、手をつけた看護婦から妊娠したと告げられたときである。

しかしながら、私とて余計な塩分はとるのは控えている。血圧が高い人は医者から塩分塩分といわれて気がヘンになりそうだといっているが、血圧だけは正常な私でも塩ラーメンは食べない。

理由は「ガン細胞が嫌がる体内環境に整える」（和田洋巳・からすま和田クリニック院長）の意見に、なるほどと思ったからである。ガン細胞は自分が増殖しやすいように、塩分を使って乳酸などの老廃物を細胞外に排出している、と和田氏は週刊文春誌上で説明していた。塩分とは塩化ナトリウムのことである。

乳酸などの排出で、ガンのない正常な細胞やその周辺が、酸性に傾いてしまうのである。「ガン細胞は微細環境を酸性に変えることで、自身が増殖しやすい条件を作りだしている」

つまり和田洋巳氏はガン細胞の活動を抑制するには、まず塩分の少ない食事に切り替えるべしといわれているのである。これで「塩分控え目」をお題目とする医者の言い分が私にも成り立つわけである。

といっても食道ガンの内視鏡手術を控えていた当時の私は、「塩分を控え目にすることとガンと何の関係があるのだ」と疑っていた。私が大事にしていたのは、食事をありがたく、おいしく頂く気持ちだけである。

ゴールデンウイークの最中、自宅で家人がお膳を運んで来る姿を目に留めるとき、私は「ありがとう」と胸の中で呟き、京旅館の朝餉《あさげ》にまけない膳を前に「いただかせて頂きます」と礼をしていた。仏様と間違えられた家人はときには恐縮して、いえいえと呟いて、そばに踞《うずくま》っていた氷見子に蹴つまずいた。

私はサイコロステーキやみりん干し、丸干し、金目鯛、鯖のみそ煮に混じって、大根サラダ、たらこの卵とじ、ロールキャベツ、筍焼き、キノコとベーコンのソテー、カボチャコロッケ、田舎煮、白菜入り肉豆腐、打ち豆煮、たまねぎのみそ汁など、自宅でしか味わえない大好物の料理が朝から食べられる至福に、知らずに胸を打たれるのである。

その慈愛に溢れた料理を食べるとき、ガンのことなど宇宙の果てに飛んでいる。唯一の心配は、我家の献立を知って、「ガンになったのはてめえの料理がまずいせいだ」と、妻をののしるアホな夫が増殖してしまうことである。

戒名作家でござる

ゴールデンウイーク中は独自にあみ出した武術体操で血流を整えた。昼は愛犬氷見子の寝姿を水彩画で描いて過ごし、エッセイ、劇画の原作も書きため、夜は同人雑誌用に五〇枚の短編小説を書いた。そこは作家の故郷なのだ。

ゴールデンウイークが終わると、多くの患者同様、私もT大病院に戻った。医者も看護士も清掃係も仕事に戻った。みな休み前より疲れた顔をしている。

さっそく破裂寸前の食道静脈瘤を固めて、Oリングで捩り取る三度目の手術が行われた。餓死寸前まで腹の中を空にして手術室に入る。麻酔をかけられると夢の中に入る。そして御大O医師の鼻歌で目覚めるのである。

手術のあとは以前と同じようにげっそりとした。家庭で補給した栄養分と共に体重が落ちた。五日目には家人の弁当を食べるつもりでいたが、今回は絶対にダメだと医師と看護師からいましめられた。守れないのなら出ていってくれといわんばかりの剣幕であった。本当は気の弱い私は降参して鼠の餌にも劣る病院食を食べるしかなかった。

その間も夜のニューヨークの闇を舞台に徘徊する「猫旅」の物語は書き続けた。天女のまとう薄桃色の羽衣が東の空を覆う光景を眺めていると、このまま成仏してもいいという気持ちになることがあった。

静脈瘤が三回の手術でほぼ退治されると、いよいよ食道ガンの手術に入ることになった。だが医師から指定されたその日は、S社のゴルフコンペが予定されていた。そこでO御大に手術の延期を申し込むと、理由も聞かずにあっさりと翌週に延ばしてくれた。体重が五二キロの私はよれよれとS社の一〇〇回記念のゴルフ会に参加し、生涯初のブービー賞を得た。記念品にプラスチック製のゴミ箱をもらって家に戻り、今度はある種の悟りを持って入院した。

肝硬変の私には正常値が14から40という血小板の数値が、わずか4・6しかなかったことが気になっていた。内視鏡で静脈瘤を突いただけで相当の出血をみたのである。ガン細胞を削るとなれば多量の血が胃の中に溢れだし、出血多量で心不全を起こすことも覚悟しなければならないのである、へらへらしているときではなかった。

そこで私はずっと以前より決めていた戒名を短冊に印して病室に置いた。「文生院釈遊天居士」は自作の戒名だ。それまで私が戻ってきたことを歓迎してくれていたS看護婦の顔が、短冊を見て急に崩れた。

「空に遊ぶ文士という意味なんだ。生臭坊主には作れない戒名だぞ、いいだろ」

といったが、S看護婦は俯いて頭を左右に振った。本来戒名は生きているうちに作っておくものだと私は思っている。生前戒名である。天国では俗名で呼ばれることはないから、仏様から戒名で呼ばれても死んだ者は迷うばかりである。だから私は戒名作家になるべく勉強した。

まず分かったのは、本来、戒名は高貴な人につけられるもので、庶民ごときがつけるものではないということである。誰でも戒名をつけるようになったのは、江戸時代の寺請け制度のせいである。宗旨人別帖を町人、農民につけるまではよかったが、坊主は般若湯（酒である）の資金稼ぎのために泥棒にも戒名をつけたのである。鼠小僧次郎吉には教覚速善居士という戒名をつけている。泥棒に「善」の字を入れるとは詐欺師の所業である。織田信長が刀槍を持つ僧兵たちを襲撃した気持ちも分かろうというものだ。

その信長には「惣見院殿贈大相国一品泰巌尊儀」という長い戒名がつけられた。それより長い戒名をつけられたのは家康だが、文字が多い分、僧侶の取り分が多かった証明になる。

寺の戒名稼ぎは現在でも続いている。私の家は浄土真宗で代々戒名には「釈教」の文字があてられることになっている。父が亡くなった時、義兄の知人の推薦で派遣されてきたという坊さんは、それに「文」の一文字を入れて「釈教文」とし、戒名代として一五〇万円を母から強奪した。

「あの坊さんにだけは経を詠んでほしくない。卑しいし、音痴だから」と母は呟き、私に戒名をつけてほしいと言った。私は一〇くらいの戒名をつくって母に見せ、そのうちから母は自分で選んだ。

その「釈尼千代賛大姉」という戒名で満足していたが、私は奈良県桜井市朝倉出身の母にちなんで、三〇〇万円が相場とされる「清大姉」をつけて「桜倉院釈尼千代賛清大姉」とした。母は九年前に九六歳で亡くなった。いい母親だった。

「おれは戒名作家で名をあげようと思っているんだ。君のも作ってやるよ。二千円でいい」

「お気楽な方」

そういうとS看護婦はようやく口許を緩めた。「みんな高橋さんには元気になって退院してほしいと応援しているんです」

S看護婦はこむら返りを起こす私を気遣ってよくマッサージをしてくれたし、ときには体を拭いてくれた。私は彼女の意見を取り入れて、戒名を記した短冊は戸棚に入れておくことにした。

しかし病院の地下の霊安室では、仏を前に葬儀屋が遺族と値段交渉をしているのは事実なのである。銭の話が許されて、戒名の話がここでは禁忌とされるのが理解できない。絵空事はたくさんだ。私は明日の午後二時に内視鏡手術で食道ガンを切除されるのである。出血多量、心不全という言葉が常に脳の底にうずくまっていた。それに気持ちの底では、ポリープを簡単に取る内視鏡手術で、本当にガンを摘出できるのだろうかという「疑惑」も潜んでいた。とりあえず「釈遊天」。いい戒名ではないかと内心思っていた。

翌日になった。手術の予定は午後二時だったが、午前一一時にいきなり看護師が現れた。家人はまだ来ていない。心不全、という言葉が「天下の楽天家」の脳裏を掠めた。

第五章　内視鏡手術だからといって侮ることなかれ

ガン細胞が一割残った

食道ガンの内視鏡手術の手順を初めて聞かされたのは手術の前夜のことである。説明してくれたのは三六歳助手のＡ先生だった。

「この病院ではＯ先生が考案された専用のチューブを使って粘膜を吸引し、切除します。正式名は内視鏡的粘膜下層剝離術、通称切開剝離術、ＥＳＤといわれる方法です」

「下層ですか」

「はい。食道壁の厚さは４ミリあって、内側から粘膜上皮、固有層、筋板、下層、と重なっていき、一番外側が外膜で、内視鏡手術では粘膜下層までしか手術ができないのです」

「んで？」

「んで、粘膜を吸引したら高周波電流を通してガン細胞を焼いてしまうのです。三〇分で終わります」

翌日はその通りの手順で手術が行われたそうだが、粘膜に張り付いたガン細胞がしぶとく、なかなか吸引できず、やっと剝がしたら今度は出血が激しくなり、止血するのに一苦労だったという。そのため三〇分の手術予定が二時間かかった。血小板が少ない肝硬変患者の手術が、出血多量のため危険が多いという理由がここにある。

血小板には止血作用がある。戦国時代の若武者は血小板数が多い者ほど死に至る出血を防ぐことができ、白血球が外から侵入してくる外敵の細菌を殺すことができたのである。大酒呑みの武将は糖尿病で血小板も少なくなっているから、雑兵に槍でちょいと突かれただけで「うーん、もうだめじゃあ」と呻いて死んでいったのである。

麻酔をされていたが私も苦しかった。わけの分からない拷問にかけられているような苦しさだった。左腹を下に向けていたのだが、苦しさに耐えられずに背中を反対側に向ける。そうすると楽になったように感じられるのだが、すぐに看護師が押し返してきた。押したり押し返したりの攻防が数回続き、朦朧としながらも、このやろうと胸中で怒り心頭になって喚《わめ》いた頃、

「もう、いい。これ以上は無理だ。九割は焼いただろう、これで終わりにしよう」

という○御大の声が耳に入ってきた。正直救われた思いだった。「そうだ、もう限界だ。やめよう」と私の脳が言っていた。ということは、最終段階で麻酔が切れたため、ガン細胞が一割ばかし残っていることを私は知ってしまったのである。

建前上晩酌は六合まで、とよい子ぶっていたが、ビールを三本呑んだ上に一升酒を軽く越える日が続くこともあった。上機嫌になるが、酔っぱらうこともなかったから体質的に酒に強いのだろう。そのせいか麻酔の効き目が悪かった。酔った振りして妙齢の女性に介抱されたいけない時代もあったが、手術では麻酔が効いている振りなどしている場合ではない。

三〇年前の十二指腸潰瘍手術のときは腹を縫い合わせている最中に麻酔が切れ、痛みにのたうちまわったため十分に縫合ができず、外科医がやっつけ加減で終了させたので、縫い目が乱れた上に幾分開いたままになった。三〇年たっても縫い目は白く開かれている。それ以前にやった盲腸のときはメスを腹にあてられたとたん、イテーッと叫んだ。外科医はメスを止め、麻酔を入れ直して数分間、ポケーッとしていた。

食道ガンの手術が終わると、私はベッドに寝たまま病室に運ばれた。そのときにはもうあらかた意識は戻っていた。病室の窓から薄い雲を張った空が見えた。どうやら「成仏」は免れたようだと思った。

家人と姉は昼頃には病院に到着していたようだが、前回の静脈瘤の手術のときとは違って、食道ガンの手術中の様子はモニターでも見せてもらえなかったそうである。手術室に入ることを許されたのは手術直後のことだったようで、「ふたりの助手の人が両足を押さえていたわよ」とかつての秀才少女から単なる小太りオバサンに変貌した姉がふやけた顔でいった。姉と吉永小百合さんが同い歳だとはどうしても思えないのである。

「手術中は大分暴れたみたい」と家人が呟いた。すると司令室から出てきたO御大が、「二時間ずっと内視鏡を握っていたから手首が痛い」と珍しく紅潮した顔で唇を歪めた。

内視鏡手術だからといって軽く考えていた自分が愚かであった。内視鏡検査の延長だくらいに楽観視していたが、実際はこのまま死んだほうがましだと苦悶したほど辛かったのである。病室に運ばれた私は、もう、手術はごめんだ、と思いながら眠った。ただ、ただ、憔悴していた。

手術後一週間、絶食させられた。入院前に五七キロまで戻っていた体重は四九キロになった。小説を書くことはできず、とりとめのない夢に脅かされながらずっと寝ていた。

欧米ではたとえ胃の手術をする場合でも、家にいるときと変わらない食事を提供する病院がある。ERAS（イーラス）療法といって日本にもいくつかあるが、情報が不十分で一般の人にまで詳細が届いてこない。そういうわけで日本の病院は当たり前のように患者を絶食させ、浣腸もする。浣腸はともかく、絶食している間に憔悴して、心臓がやられて死んでしまうこともある。

心臓が丈夫でうまく手術までこぎつけられたとしても、どこかで抵抗力を失ってコト切れるか、栄養失調で骨皮筋衛門と成り果ててしまうのではないか。

そんな疑問が頭から消えなかった。

手術から八日経ってようやく流動食の重湯を一五〇グラムとることができた。まるで糊を飲んでいるようだと思ったのだが、静脈瘤の手術後に出された重湯同様、それは障子紙を貼る糊だった。しかし、たとえ糊であろうと腹に食い物が入るようになると、再び原稿用紙に向かう気力が生まれた。それは胆力のしぶとさがなせる技だと思われた。

「入院患者なんですから消灯時間は守ってください」と固太りアンギュラス看護士が深夜病室に乱入してきていった。しかし私はシカトして運筆を続けた。その甲斐あって、ある晩、静かに五四〇枚の小説が完成した。入院中に最後の章の一五〇枚を書き終えることができたのである。

一枚目を書きだしたのは五四歳のときだったから丁度一〇年の歳月を費やしたことになる。時間がかかったのは脳が酒の池で溺れていたからだ。辛抱強く待っていてくれた私の唯一の支援者であったK編集長は脱稿を知らずに世を去った。「食道ガン」だった。手術したら死んでしまうぞ、といったら「そういわれてもなあ、仕方ないんだ」というのが最後の会話となった。いいやつだった。完成した原稿を前にふたりで酒を酌み交わしたかった。薄青い空に、桃色の花弁が溶け込んでくる曙を病室から眺めながら、まだ生きていることの不思議さを思った。

愛犬の瞳の奥に

退院したのは手術から一二日も経った後のことである。病室にやってきたO御大は「これでガンができやすい身体になったな」とベッドで寝ころんでいた私にいって惜別の辞とした。

やなことをいいやがる、と思ったが、作家らしい哲学的な懊悩や深い洞察力はこの頃にはまるで生まれていなかった。思ったことといえば、「これで晴れてガンを克服した男になった」という邪《よこしま》な感慨であった。ガンによる個人的収益率が頭に浮かんでいたのである。とりあえず保険会社から支払われるガン保険金に思いを馳せた。

家に戻り玄関を開けると、すでにブルドッグの氷見子は床に踏ん張って立っていた。瞳がうるうるしている。嬉しかった。小さな生命を守るのは飼い主の義務だ。人間なんかなんとでも生きていける。だが人間どもによってDNAを弄ばれ、不細工に仕立て上げられたこのささやかな生き物だけは、命をかけて護り抜く者が必要だった。原稿料がほしいのも氷見子のためだった。どんなに孤独な男でも、他者から恐れられる凶暴な者でも、愛犬の死んだことを思い出すときはそっと涙ぐむ。

一週間氷見子とじゃれあった後、皮膚病で苦しんでいる氷見子を入院させることになった。「犬を実験動物としか思っていない獣医に預けたら、この子は神経衰弱で死んでしまうぞ」と私は反対したが家人は「そんなことといったって……」ときつい目をして私の手から氷見子を奪い去ってしまった。

家出してやると思い立った私は、氷見子が居なくなったその夜、徳島行きの深夜バスに乗り込んだ。途中の淡路島まで運賃が一万円と安かったのである。

泡喰った家人が「ガン手術をして退院してからまだ一週間なのよ。静養が必要だと先生もいっていたじゃない」「おれの静養は旅とゴルフだ」「それに深夜バスなんて若い人が乗るものよ」といってバス酔いをものともせずについてきた。だが窮屈な車中では全然眠れなかったようで、淡路島の殺風景なバス停に朝五時にふたりだけが降ろされたとき、ふと家人を見ると、顔がクマバチに食い荒らされたように腫れ上がっていた。美人になったなと口から出かかったが、ぶん殴られそうなのでやめた。

翌日洲本に住む富豪夫妻とゴルフをしたが、足がむくみ途中でほとんど歩けなくなった。ふくら脛が女の胴回りくらいに脹れあがっていた。観光船の船上で富豪M氏と撮った写真に写っていたのは骸骨だった。私はショックで気が遠くなりかけた。生きている人には到底見えなかったのである。その瞬間、鳴門海峡の渦に巻き込まれて、海底に引きずり込まれる自分の姿が垣間見えた。

淡路島の帰りに京都で途中下車し、「真教寺」という小さな寺に眠る祖父母の墓にお参りをした。これが最後になるかもしれないと思ったからである。墓石の前で、私の法名は「文生院釈遊天居士」ですというと、大阪で米問屋を営んでいた祖父が、手を叩いて喜んだように見えた。髷を結っていた祖母は、次に来るときは小豆菓子を持ってきなはれといったようだった。この祖母は京友禅の問屋の娘だった。店の屋号は「俵屋」といった。

京都競馬場で開催される菊花賞の前日には、毎年この寺にきて勝利祈願をしたが、報われることはなかった。三冠馬目前のミホノブルボンがライスシャワーに敗れて二着に沈んだ夜、一八〇万円の馬券が紙くずとなり、借金返済の目論見がはずれた私は、祇園の茶屋「松八重」で生涯に一度の悪酔いをして、やさしかった先代の女将から説教をされるはめになった。四四歳だった私はそれも祖父の祟りのせいではなかったのかと怨んだものである。しかし、六四歳になったいま、京都の町を歩きながら、ふくら脛が重く脹れあがり、ゼーゼーといいながら何度となく座り込んだ。

全快祝いどころか、肝硬変で四ヶ月の命と宣告されてから二年三ヶ月、しぶとく生きてはいるが重度の糖尿病で、入院中はインシュリンを毎食前に三度と就寝前に一度打たれ、その上三回の静脈瘤処置手術を受け、最終目的の食道ガンの手術をされたのは、わずか二〇日前のことなのである。

だるさと足のむくみ、突然襲ってくる膝から足首への筋肉石化の痙攣、耐えられない激痛、心肺機能の衰え、それらに待ち伏せされ、何度か呼吸をするのさえいやになった。

夏だというのに再び足の指先が冷えて歩けなくなり、私は銀閣寺近くの銭湯に這うようにして入った。湯につかり一生懸命に足を揉んだ。二度行った南極でもこんなつらい思いはしなかったと思うと涙が出そうになった。

そのあとバスに乗って四条まで行き、いつも行く競馬好きの集まる食堂「花屋」が休店だったので、大丸デパート裏の鳥料理屋に飛び込みで入った。そこで食べた冷やし中華が絶品だったことで、京の旅を満喫することができたのは救いであった。さっきまで泣いていたことなどあっさりと忘れて、こんな人生もいいものだと思った瞬間だった。我ながら「軽い」と唸った。

七日後、東京に戻るとまず愛犬氷見子を動物病院に迎えに行った。自動ドアが開いたとたん、扉を隔てた奥の部屋に軟禁されていた氷見子の鳴き声がした。その犬の鳴き声を聞くのは初めてのことだった。愛犬と共に自宅に戻った私は、家庭料理を堪能しながら今度こそ静養に努めた。

しかし肝硬変というやっかいな病いのため、ひと月程の間にたっぷりと腹水が溜まり、苦しくてトイレに立つことすら困難になることがしばしばあった。退院時四九キロだった体重は腹水のため五九キロに脹れあがっていた。中性脂肪と同じで悪質である。だが、不思議なことに、家庭医である村上医院に行き利尿剤をもらって飲むと、わずか一週間で腹水は劇的に減った。すると体重は五三キロに落ちた。感動するより、たった二粒の薬の効き目におぞけをふるった。なんだか、製薬会社に動物実験をされているのは氷見子ではなく自分のような気がした。

その頃同時期に食道ガンになり、治療に専念すると宣言して一切の仕事を絶っていた作詞家のなかにし礼氏から手紙を受け取った。私より一〇歳年上のなかにし礼氏はかつて心筋梗塞になって倒れ、心臓手術をしたため、もう二度と手術はできない、それに耐えられる身体ではない、と自ら判断して食道ガン手術を拒み、国立がん研究センターを訪ねて「陽子線治療」を受けていた。なかにし礼氏は手紙の中で「経過は順調でこのままいくと寛解するのではないかと、そんな夢を見ています」と書いていた。

同じ頃、歌舞伎役者の中村勘三郎さんも食道ガンの全摘手術を受けた。

手術後の回復はめざましく、手術の翌日には病院の廊下を二〇メートル歩いたという。容態が急変したのはひと月後のことで、肺炎から急性呼吸窮迫《きゅうはく》症候群を発症した。それは肺胞の中が液体でいっぱいになり、酸素不足になるものだという。勘三郎さんは手術を受けたがん研有明病院から二度転院して治療したが、回復しないまま死亡した。勘三郎さんとは一度しか面識がなかったが、そのとき私が早稲田の文学部創設一〇〇年記念の歌舞伎座公演で、助六の役をやるのだと話して大いに盛りあがったことがあるだけに、同じ食道ガンで亡くなったと知ったときは胸が痛んだ。

このことについて近藤誠氏（元慶應義塾大学医学部講師）は、その著書の中で、「急性呼吸窮迫症候群を起こしたのは、抗ガン剤のせいではないか」と書いている。抗ガン剤を使用すると白血球が減少する。白血球には細胞のガン化を防御するリンパ球がある。それに細菌やウイルスも白血球が防いでくれる。それが激減したために肺炎を起こしたというのがひとつ。別のタイプのものは抗ガン剤が肺胞壁を障害し、それに反応して炎症を生じることもあるという。

その頃私は養生していたにもかかわらず、身体には細かい異常が発生していた。ストレスで神経がやられたためである。それは深夜病院で一五〇枚を書いて仕上げた第三章、合計三一二枚の原稿に対して、一面識もない文芸雑誌の女性編集長から「あんたは女性蔑視主義者か」といわれなき非難を受け、校正が途中で停止されてしまったことに起因する。私は論文を書いたのではない。「『女は無遠慮に太っている。多分前世は岩なのだろう』とたった一行書いただけじゃないか」命を削って書いた原稿の校正が権威をひけらかす女性編集長との戦いになり、私はマラリア熱に犯された気分になった。

ストレスが異常に増大するとそれは交感神経を緊張状態にさせる。すると血管が緊縮し、血流障害が起こる。急性ストレス症といわれ、急性心不全の原因にもなるという。

ストレスは白血球の顆粒球を過剰に増やす。顆粒球は細菌を処理するのが仕事だが、増加しすぎると無法のテロ国家同様、善良な人が住む地域、海域を無差別で侵略する。つまり顆粒球は悪玉菌の活性酸素となって、リンパ球の力が衰えるのをみて、健康な細胞を破壊してしまうのである。実際私は地下マグマの活動で新山が噴き上がるように、突然胃にガン細胞が発生したようにすら感じた。

それに肝硬変患者の私は筋肉が落ち、ペットボトルの蓋さえ開けられなくなるほど弱っていた。肝臓の解毒作用が働かないので余分な毒が血管に侵入し、むくみとなって現れる。アンモニアの調節もうまくいかなくなる。

八月になると空腹時の血糖値が３５０近くになり、ベッドに横たわっていることが多くなった。その頃から下痢と便秘、激しい腹痛に苛まれるようになった。食道ガンの内視鏡手術がこれほどまでに悪さを働くのかと心底手術したことを後悔し、病院を怨んだ。便器に腰を下ろしながら下腹部のあまりの激痛に気が遠くなるほどだった。二階の寝室に上がるにも途中で休んだ。そんな私を氷見子は心細そうに茶色の瞳でずっと見つめていた。

八月末になって再び内視鏡検査を受けた。今度は胃に静脈瘤ができているという。O御大が直々に消化器内科までやってきて、手術は早い方がいいから、九月早々にやろう、というので、体調に不安があったが、いわれるままにその場で九月一一日に決めた。静脈瘤が破裂したら、出血多量ですぐに死ぬことになると、O御大がいったのである。

手術に了解したものの、それは静脈瘤ではなく、胃にガンができたのだろうと私は思っていた。テレビ画面に映るお笑いタレントは病人をダシにへらへら笑っていたが、私は全然愉快ではなかった。

第六章　殺人ストレスのもう一つの正体

胃静脈瘤はどこから生まれたの？

T大学病院に入院する前に私は府中の大國魂神社に行って参詣した。私は神様を崇拝しているので、賽銭箱に小銭を投げつけて願い事をしたりしない。それは神様を買収するようなものである。賽銭は感謝の気持ちである。私は賽銭箱に500円玉を入れ「まだ生きてます。ありがとう」とお礼をいった。そのあと、村上医院を訪ねて検査で胃に静脈瘤が見つかったため、再び内視鏡で硬化療法を施されることになったとM先生に報告した。

「てなことをT大病院ではいってますが、これはきっと胃ガンなんじゃないかと思っているんです」

するとM先生は穏やかな表情でハハと笑った。

「それは勘違いですよ。胃静脈瘤と胃ガンとは何の関連もありません。そう思ってみた方がいいでしょう」

M先生は循環器系が専門でこの医院では透析治療も行っているのだが、小児科も診るし、私は町のコンビニ医者のような存在の方だと信頼している。

それは患者ひとりひとりの対応の違いによって表れる。T大学病院では腹水が溜まったようだと申し出ても、超音波検査をされたことはあっても、担当医から一度も触診されたことはなかった。この頃糖尿病の担当だった若い医者にいたっては、コンピューターを見つめてインシュリンの量を押しつけるだけだったので、たとえ病院内で会っても私の顔は認識できなかっただろう。かつて銭湯の番台に座っていた親爺が、町で女性客の顔を見ても誰だか分からず、風でスカートの裾が乱れると、おや、田中さんの奥さんこんにちは、とようやく相手が分かったのと同じシチュエーションである。

「胃ガンと胃静脈瘤とは何の関係もないんですか。でも食道ガンのときは、食道静脈瘤の検査のあとでガンが発見されたんですよ」

「ああ内視鏡での病理検査ですね。そのときは食道静脈瘤と同時に食道粘膜に初期のガンが見つかったということです。ただ高橋さんには手術の順番として、出血の危険のある静脈瘤を先に取り、次に食道ガンの手術をしたということです」

「食道静脈瘤と食道ガンは直接の関係はない。それで胃の静脈瘤と胃ガンも、原因としては無関係ということですね」

「はい」

「そうですよね。肝硬変と、胃の細胞の突然変異でできる胃ガンとの因果関係はないはずですね」

「はい。胃静脈瘤は胃の中にある静脈に瘤ができた状態なんです。食道静脈瘤のときと同じで肝硬変が原因でしょう」

「ははあ、すると門脈からの血液が肝臓に入らず、逆流して側道を造り、そのあげく今度は食道ではなく、胃に瘤ができたということですね」

「そうです。破裂すると血小板の少ない肝硬変の人は命を落とす危険があります。止血ができませんから。これはT大学病院で早急に処置する必要があるでしょう」

M先生はちょっと顔を曇らせてそういった。ただ、私はまだ理解しきれていなかった。三ヶ月前の手術でまだ一割残っていた食道ガンが胃に転移してきたのではないかと疑っていたのである。食道ガンが胃に転移することはないのだが、混乱するとよく分からなくなってくる。

ひとつだけ決めていたのは、たとえ胃ガンであろうが手術は断るつもりでいたことだ。だから胃静脈瘤の手術のどさくさで、食道ガンのときのように、内視鏡で胃ガンの手術を受けることだけは断固として拒否したかったのである。

何故か。

胃ガンの手術をされてしまえば半年で死ぬ。たとえ手術後三年間寿命が延びたとしても、その間は生活環境の質がおびただしく低下することになるはずだった。どんな能力も溶解してしまってはただ息をしているだけの物体でしかない。何も生み出すことはない。執筆もゴルフもできず、旅にも行けなくなったら私は死ぬより苦しむことになる。そういう性格なのだ。ある事象に対して考え方は変えることはできても、性格は変えようがない。

「ガンは細胞が再生、分裂を起こすときに、ストレスなどのなんらかの衝撃を受けて発生するとされているんです。本来、高橋さんにはガンはできないはずなんですがね」

「どうしてですか」

「だって高橋さんにはストレスがないでしょう」

M先生はすずしい顔で核心をついてきた。（ありますよ。ボクにだってストレスはあります。命を削って書いた原稿が掲載停止状態になっているんです。ストレスで呼吸困難です）

そう私は胸の内で叫んでいたが、言葉には出さなかった。生きている限り、他者と接する限り、誰だってストレスが溜まる。その一番受け身の商売が、実は目の前に座っている町の医院の診察医ではないかと思っていた。誰でも自分が一番の被害者だと思いがちだが、そうではあるまい。どんな大組織にいる者だって、他人には言うに言われぬストレスをかかえて日々を過ごしているはずだ。そこいらで出っ腹を抱かえて寝転がり、閑さえあれば食べ放題の店にいってケーキを貪っている女房たちだって、なんらかのストレスをかかえているからこそ、「千と千尋の神隠し」の千尋の両親のように、豚になるまで食い続けるのだろう。

そういえば、まだ四〇歳になる前のことだったが、ロス・アンジェルスに住む、サンフランシスコ州立大学時代の女友達に誘われて、ある霊感占い師のところにいったことがある。アメリカにはこの手のいかがわしい霊感師が軒並み看板を掲げているのだが、その老婦人は静かな住宅街に住んでいて、自宅の居間で客の相談にのっていた。私は別に相談することもなかったので、当時主婦だった女と老婆との話をぼんやり聞いていたのだが、一段落するとその品のいい老婆がふいに私の方を向いてこういった。

「あなたはいずれ医者から胃ガンだといわれるでしょう。でもそれは間違いです。もし、そういわれたら別の医者をお訪ねなさい。それでもガンだと診断されたら、さらに別の医者のところに行きなさい。きっとガンではないといわれるはずですよ」

その老婆の言葉が三〇年近くたって蘇ってきた。その日、私はM先生から糖の吸収を遅らせる「α－グルコシダーゼ阻害剤」の糖尿病薬の処方箋をもらって家に戻った。M先生は多くの糖尿病患者が処方されている尿素剤を患者に与えることはしない。それはインシュリンの分泌をよくすることになっているが、実際には痩せ馬を鞭打ってインシュリンを出せと脅かしていることで、むしろ膵臓を疲弊させるというのである。

私はM先生から処方された、副作用の一番少ない糖尿病薬を携えて、二〇一二年九月一〇日、内視鏡のO御大の手術を受けるべく、T大学病院に入院した。食道ガンの内視鏡手術を終えて退院したのが六月五日のことであるからわずか三ヶ月間しか家で静養できなかったことになる。かつてはガンの手術後、四ヶ月寿命が延びたら手術は大成功だと言われた時代があったという。短い安逸の日々であったなと、すっかり胃にガンが転移した気になっていた私は、T大学病院の六階個室のベッドに横になって黄昏れた初秋の空を見ていた。

（多分、静脈瘤を取るといって患者を安心させておいて、いざ手術となったら、ポリープみたいなガンがあったので取っておいたということになるのだろうな）

不条理にとりつかれていた私は、胃に掌をあてながらそう思っていた。

肝性脳症と胃ガンの関係

私に胃静脈瘤ができたのは食道静脈瘤のときと同じで、糖尿病、アルコール性肝炎、肝硬変とたどったのが原因である。徹頭徹尾、不摂生がもたらしたものであり、B型肝炎やC型肝炎から肝硬変への道をたどった不運な人たちとは違う。

酒を浴びるほど呑んでいたため、やがて硬くなった肝臓が凸凹になってしまい、門脈から肝臓に流れる血流が渋滞しだした。曲がりくねった、起伏の激しい道路に突入した車の群れを想像すれば分かりやすい。

そこでけなげな血液は別の迂回路を探すのだが、そこでもどん詰まりに血液が溜まりだし、粘膜内の静脈が異物を飲み込んだように太くなる。これが噂の静脈瘤である。その挙げく脹らみすぎた瘤はついに破裂して胃の中は血で溢れかえる。ここにいたって不埒者は出血多量で世の中から消え去ることになる。年金支給の実務を預かる社会保険庁にとっては、めでたしめでたしの話である。

ここで分かったことは、家庭医のM先生の説明通り、静脈瘤とガンとは何の因果関係もないことである。悪いのは肝硬変であり、その元はアルチュール・ランボーではなくアルチュール・ミッチにある。それでもなんとか元気になってほしいというのが家族の願いなのである(と思う)。

治療は以前と似ていて胃の入り口近くに静脈瘤がある場合は、食道内で風船を脹らませ、逆流する血液を止め、そこで硬化剤を注入する。このとき血小板の少ない肝硬変患者は針を刺されただけで出血する。なんとか止血させるとあとは胃静脈瘤が小さくなるのを待つのである。やがて自然に消える。もうひとつ「孤立性胃静脈瘤」といわれるタイプがあり、これは胃の上部の粘膜を通る血管に静脈瘤ができるので、血流が早く、危険度は数倍になる。この場合は静脈にカテーテルを入れて、血管内治療(BRTO)で手術をする。

ただ、私の場合はどちらなのか分からないまま入院させられた。私も質問する間すら与えられなかったので、まあ、どっちでもいいや、たとえ胃ガンであっても、肝硬変で苦しむよりましだと達観していた節がある。ただし、人生を投げていたわけではない。自然の流れの中で、自由気儘に生きていた自分が胃ガンになるのも天命だろうと、頭も心も「無」の境地でいたのである。

ストレスの正体

入院した日の夕方、「文芸誌の編集長が替わった」という報告が出版担当者からもたらされた。副編集長が昇格したという。「すぐにでも高橋さんの原稿を雑誌に掲載するといっています」。そのひと言で身体を蝕んでいた急性ストレス症から解放された。閉塞感の中で隙間から光明が射しこんできた。

だが肝機能障害は簡単には治るものではない。肝臓が機能しなくなっていたため、食道ガンの手術後も、汚れた毒物、糖分が血管にこびりついたままになっていた。それは私の場合血糖値の異常となってまず現れてくる。

入院した翌朝、「血糖値が５００もあるので、手術は無理だとＯ先生が判断されました」と助手の人が病室に来ていった。

「まずは血糖値を正常値に戻すのが先決です。ためにそのまま入院を続けてもらいます」という。入院中の糖尿病担当医は「かかりつけの医院からもらってきたやつ。いつも飲んでいる血糖降下剤があるでしょう。それを飲んで、あとはカロリーゼロの食事だね」

その日から味の全くない病院食を食べて、ベッドで横になるだけの毎日を送ることになった。糖尿病の担当医は一日に一回病室に顔を覗かせたが、何かをするでもなく、ニヤリと不気味な笑いを浮かべて二〇秒で去っていった。一度、Ｏ御大と廊下ですれ違ったことがある。数名の助手を引き連れたＯ御大は私を見て目を丸くした。

「歩いて大丈夫なのか」

「ふらふらしますよ（腹が減って）」

「そうだろう。こうして歩いているのを見て驚いているよ」

空腹をかかえてぼんやり過ごして五日がたった。血糖値は２４０まで下がった。それが土曜日だった。そこで「もう大丈夫ですから退院して下さい」と糖尿病の担当医がいった。訳が分からなかった。血糖値が下がったのなら胃の静脈瘤の手術をするのではなかったのか。

「あのぼくは胃の静脈瘤の手術をするということで入院したんですが、どうなったんですか」

「さあ、それはどうなったんですかね。消化器内科のH・W先生は遅い夏休み中ですからね。私はO先生からただ血糖値を下げてくれといわれただけなんでね」

そのとき外科、内科、消化器科との連係プレーが遮断されていたのを私は知った。仕方なく、いわれるまま私は退院し、ベッドの差額代として一二万円を家人が支払うのをボーッと眺めていた。薬で下げた血糖値が人間に健康をもたらすはずがない、単なる数字合わせじゃないかと憤慨していたが、頭の中が霞でもかかったようになっていた私は、脳みそを抜かれた「猿の惑星」の人間みたいになって家に戻った。

目的は破裂する前に胃の静脈瘤を取ることだったので、何だか大事なことがはぐらかされたままになっている、という中途半端な気持ちが収まらなかった。被疑者を窃盗で別件逮捕しておきながら、殺人事件を未解決にしたまま、結局不起訴のまま放り出されたような釈然としない思いが残った。

(ストレスの正体とは、病院のシステム上の問題にあったのではないか)

それが辛い地獄巡りへの入り口となった。

「免疫力」という方法(?)を頭に思い浮かべていたが、すでに自然治癒力のある免疫力がストレスのため壊滅状態に陥っていたため、それを自分のものとして取り込むには遅すぎると感じていた。言い方を変えれば、すでに肝硬変になり、食道ガンにもなり、ひょっとしたら胃までガンに蝕まれた人間にとっては単なる悪あがきに思えたのである。

不安を言い出せないままに自宅に戻った私は、すぐに身体の変調に気付いた。下痢、便秘の往復ビンタでまずげっそりした。鏡を見ると瞳孔が開きっぱなしでピンポン玉でも入っているようだった。頭がクラクラした。トイレにたどり着くのに四つん這いになった。下腹が激痛に襲われるのは胃にガンがあるせいなのかと思った。しかし胃にしこりはないようだった。

（どうしてこうなったんだ。入院する前は普通に生活していたんだぞ）

疑問は病院への疑惑に変わりつつあった。私は糖尿病医にいわれるままに、何の点滴を受けることもなく、粗食と空腹に耐えて、日がなベッドで横たわっていただけなのである。不吉な予兆を感じた私は、東京スポーツ紙に毎週連載していたエッセイ「本日も楽天日和」を、二週間分書いておいた。退院した翌日の日曜日に訪ねてきた娘が、パパの様子が変だよ、と家人に伝えたという。娘は翌日会社に出勤するため、夜になって借りている部屋に戻っていった。私は虚ろな目でテレビ画面を眺めていたようだ。

月曜日の夕方になっていよいよ症状は不安定になった。腹の中では大蛇と龍が死闘を演じていた。便器に座ると下腹が激痛のため体の芯から震えた。食道ガンの手術後でもそんな苦しみは味わうことはなかった。本気で死んだほうがマシだとさえ呻いた。視界が定かでなくなり、便の後ではげっそりして、自分で温水洗浄便座さえ使えず、家人の助けを借りて風呂で身体を洗ってもらう体たらくだった。その時でさえ意識が朦朧としていた。

自分が生きている者のように思えなくなっていた。

夕食を食べたようだが、記憶が無くなっていた。愛犬氷見子が食卓の下で眠っていたが、いつの間にか私がそこに替わって寝ていた。その後どうにかして二階に上がって眠った私は、ひどい尿意を催して起きあがった。トイレの代わりにクローゼットに放尿しようとした。ぎりぎりの所で、これはおかしい、脳がやられたと気付いて洗面所にいった。それから数時間後、家人はトイレに起きたとき気になって、私の寝室を覗いたという。ベッドは空だった。

あわてて家人は家の中を探し回った。夫の姿はどこにもなく、氷見子がリビングルームの隣の和室でひとり震えていた。家人は庭を見た。夜行灯に照らされた夜の庭を、パジャマを着た夫が夢遊病者のように歩いていた。仰天した家人は庭に出て夫を抱き留めたが、突き飛ばされてベランダに頭を打ちつけ、自分の方が意識朦朧としたという。

これは駄目だと思った家人は、車で一〇分の所にいる夫の姉夫婦に助けを求めた。ふたりが来る間、家人は自分の部屋に鍵をかけてこもっていたという。(鍵はあんまりじゃないの)

第七章　アンモニア、脳に乱入

彷徨える脳

その二日間は私の人生の中で、一番生命の危機に直面したときであった。その後、日が経つに連れて、よくぞこの世に生還できたものだと感心するのである。ボンクラヤクザのような医師の掌に翻弄されながら、「肝性脳症」の嵐のまっただ中を通過できたのは、単に幸運だったとしかいいようがない。

意識が混濁したまま眠り込んだ私は、朝五時半、リビングルームの床で目を覚ました。すると姉夫婦がそこにいた。何故か盆踊りをしていた。だが、それは脳が神経障害を起こしたために生じた幻影で、実際は床に倒れている私を寝室に運ぼうともせず、ただぼんやりと眺めていただけだった。

私は起きあがり、数時間前に起きたことを反芻しようとした。頭の中に大きな雲があった。それが気流のように漂い、ときには黒煙となって記憶に映し出される光景を遮った。

（脳にアンモニアが乱入しやがった）

ついにきたか、と間の抜けた顔をそろえている姉夫婦を見て思った。アンモニアと善良な姉夫婦は直接関係なかったが、そう思ったとき目の前に役に立たないふたりの顔があったのである。この不機嫌さは、肝性脳症の第二段階から第三段階の特徴である。

だらしなくなるのが第一段階、カネをばらまいたり、女性だったら化粧品をゴミ箱に棄てたりするのが第二段階。第三段階になると興奮したり、医者に反抗的な態度を見せる。医者の指示に従わないのではなく、従うことができないのである。

そのとき、すぐにアンモニアの血中濃度を薄める治療をしないと、昏睡状態に陥る。昏睡が死に直結するわけではないが、ずっと続くと患者は寝たきりになるなど、家族を死より悲惨な不幸に巻き込むことになりかねない。

こういう状態になったときこそ医者の出番なのである。健康な身体をしている人に「ガンだあ、手術しろ」と脅しをかけるのが医者の仕事ではない。

三年前の二〇〇九年の六一歳のときに、アルコール性肝炎の診断を、都立府中病院の女医から告げられたときから、私は肝性脳症にやられてしまうことを想像して怖気を震っていたものだった。そのとき、「肝性脳症になってしまってはおしまいなのだよ」と、ドスコイ女医はくつろいだ様子で言い出した。

「昏睡状態になってすぐに逝ってしまえば楽なんだけど、人間って、そういうときになるとしぶといのよ」

「脳」がだめになっては、自分の意思で手足を動かすことも苦痛になる。そうなっては自ら死を選ぶこともできない。

しかし、今はそれが現実になってしまったことを、暗黒の宇宙遊泳の最中に知ることになった。

「和子はどこだ」

「今、T大学病院に入院を頼みに行っている」と姉が答えた。さっきまで部屋に鍵をかけて震えていた、とは姉はさすがにいわなかった。

「水をくれ。氷見子はどうしている?」

どこかで愛犬氷見子とすれ違った記憶があった。庭だったかもしれないし、ベランダの下だったかもしれない、と記憶をたぐった。馬鹿げたことだったが、そのときは異常な行動が、ごくあたり前の日常の出来事だと思えたのである。

氷見子がどこからかやってきて、私の前で項垂れた。首筋を撫でると安心したように寝転んだ。オスのブルドッグと違って、メスは臆病でおとなしく、この子は飼い主の健康を気遣ってばかりいた。

丁度その頃、朝六時前のその時刻に、家人はT大学病院の救急病棟受付にいたという。夫の入院を頼むと「満室だ」と冷たく突き放されたそうだ。そこでひるまずに家人は必死で懇願した。

「三日前の土曜日まで入院していたんです。週末なのでいったん退院したのですが、個室はあと五日間分予約してあります。急に状態が悪くなったので再入院して検査してほしいんです」。受付の親爺はこう返答した。「救急病棟は満室。受付は朝六時からだ。どうしてもというのなら救急車を頼むことだね。そしたら急患として取り扱える」

家人は仕方なくT大学病院の救急病棟の前から(!)救急車を呼んだ。それから家に戻り、ボケーッとしている夫と、全く頼りにならない夫の姉夫婦と共に救急車が到着するのを待った。救急車が着く前に心配した娘が会社を休んでやってきた。

救急車は七時になってやっと来た。格好の噂話のネタになると、コウモリのように門に張り付いていた山姥のような老婆が、ふらふらしている作家を待ちかまえてこう聞いた。「先生、どうしたんですか。大丈夫ですか」

大丈夫なわけねーだろうと思った私は、黙って救急車に乗り込んだ。救急隊員は蛭《ひる》のようにまとわりついてくる老婆を払いのけるのに往生していた。後日「あたしが心配して聞いたのに何も答えないのだよ」と老婆は不満を老人会でぶちまけたという。

肝性脳症は肝臓が丈夫な人には無縁の病気だ。聞いたこともない人がほとんどだろう。肝硬変によって余命四ヶ月とかつて診断された私の場合、肝性脳症はいわば宿命の合併症である。

食道静脈瘤も合併症のひとつであり、さらに「腹水」がある。下腹が出て苦しいし、食欲もなくなりみっともないことにデベソになる。この三つが肝硬変による代表的な合併症である。それに私の場合、バッドタイミングなことに、内視鏡で食道ガンの手術をしたため身体に負担がかかり、肝機能が通常の人より数段悪化したのである。なんとなく嬉しそうに書いているように思えるかもしれないが、内心は愉快ではない。心不全に直結するし、その日常といえば、絶対安静にしているしかないのである。

実は私は病気を重ねる内に、医者の言いつけを守ると人生が台無しになると看破するようになっていた。それ故、私は病気になる前と同じように食べたいものを口にし、力むと静脈瘤が出血する恐れがあるからやっては駄目だ、と厳命されていたゴルフも病人風にふわりとやっていた。でも、ティショットでは、やはりボールを飛ばしてやろうと欲が出て力一杯振ってしまうのである。

この現象を若い証拠だと私はいい、T大学病院の医者は「バカの壁」だという。

しかし、一連の出来事を思うと、患者がおもちゃにされたと感じるのは自然のことである。まず胃の静脈瘤の手術をするつもりが、血糖値を下げるだけの入院になり、それも結果がでないまま、七日目に退院させられた。５００mg／dLの血糖値が重湯の食事だけで正常値に戻るわけがない。何の治療も受けることなく湯で薄めた糊を食わされた上に一二万円取られただけだ。それなら家でゆっくりくつろいでいた方がましだった。その後に続く肝性脳症に襲われることもなかったかもしれない。

だが、医者の見解は違う。

「血糖値が下がったので退院させた。胃の静脈瘤手術のことは担当外だ。退院から三日後に肝性脳症になったのは、以前から合併症を警告していた私たちの見解が正しかったことの証明である」

と胸を張る。

このヘンが白い巨塔の面目躍如なのである。それは医者が「正しかった」どころか、患者に対して極めて怠慢だった故の、肝機能障害悪化の結果の証明ではないか。なにせ入院の目的であった胃静脈瘤の手術の話は、いつの間にかすっ飛んでいたのである。

それにいつの間にか病院側の診察テーマはガン関連に移ってしまっていたが、私が一年半前にT大学病院へ診察を受けに行ったのは、肝硬変の治療のためだったのである。

医者は殺人魔

ところで私はまだT大学病院に向かう救急車の中にいるのである。その車中で私はしきりにうわごとをいっていた。

「肝硬変によって分枝鎖アミノ酸が減少したため、アンモニアをうまく処理することができなくなった」「肝臓が毒物を解毒する機能を失ったため、毒素が脳に入り、機能障害を起こしたのだ」「その毒とはアンモニアだ。こいつが血液に乗って脳に乱入し、おれを狂わせたのだ」

脳に障害を起こしていた私が、そういう風に理路整然と、分枝鎖アミノ酸の不均衡がもたらす弊害について解説できたわけではない。すべては幻想に近いものだった。一生懸命言葉を探し、つなぎ、さらにまたその苦しい状況から逃れる方法を探ろうとしていた。だが、実際は、言葉は浮かんでくるはしから溶けていき、霞の彼方に吸いこまれていった。T大学病院の救急室に運び込まれた私は、眠そうな顔で現れた救急担当医の診察を受けた。四十代半ばのY医師は不機嫌な様子で私を見下ろすと、

「どうなっているんだ」と救急隊員にまず聞いた。隊員の説明がたどたどしく説明不足だったので、家人が「三日前まで、この病院で胃の静脈瘤手術をするということで入院していたんです。夫は元々肝硬変で、三ヶ月前には食道ガンの内視鏡手術を受けました。外科はO先生で消化器内科はH・W先生が担当です」

「そうですか」

そう気のない返答をしたY医師は、まず看護師に点滴の用意をさせた。針が腕に刺しこまれると少し正気に戻った私は看護師にこう訊いた。

「それは何の薬ですか」

すると、看護師が答える前にY医師がいきなり怒声を発した。

「救急車で運ばれてきた者が、そんなこと知る必要はない」

そのあとY医師は看護師に採血はさせたが、検査結果を待つことを面倒臭がって、患者をただちに追い返そうとした。彼は夫が退院してきた状況を説明していた家人の言葉を遮って、こういったのである。

「入院するならうちのような病院ではなく、老人をケアできるところの方がいい」

「それは養老院ということですか」

「そうだ」

家人はモノがいえなくなった。そこで点滴を打たれていた私がいった。

「気にするな。八〇％の医者は無能力なんだ。肝性脳症の症状を認知症のせいだと思い込んだり、セン妄だとみなして患者を殺してしまうのも、知恵がないからだ」

そういったつもりだったが、口はなめらかに回らず、言葉も不明瞭だった。だが脳が筋肉質のY医師には通じたらしい。

ずっと不機嫌でいたY医師は、急性の肝性脳症の患者を前にしながら、肝不全用の特別なアミノ酸輸液を用意することもせず、また腸内細菌を抑えるための、浣腸の指示を看護師に与えることもしないで、ただひと言、「さっさと救急病棟に運んでやれ」と看護師に命じたのであった。

そのときのY医師の顔は明らかに、殺人を趣味とする悪魔の形相をしていた。娘はY医師の発した傲慢な言葉を、後々の民事裁判に備えて隠れてずっと録音していた。

「医者が患者にストレスを与え、死神を手引きする」

ぐらぐらする脳を鞭打ちながら、そう呟いたことを私は覚えている。

楽天家は生き残る

満室のはずの救急病棟には患者がひとりいるだけであった。一時間のうちに三〇人の団体患者がぞろぞろと退院していったのであろう。救急病院が患者を拒むはずがないから、そうに違いない。

採血の結果、アンモニアの数値は１８０（基準値は89以下）だった。そこで高アンモニア血症を低める分枝鎖アミノ酸の点滴をほどこされ、恥ずかしながら若い女性看護婦から「もっと我慢して」と叱咤激励されながら浣腸をされ、意識朦朧の中で二日間を過ごした。

アンモニアの血中濃度が下がると、一般病棟に移された。個室がないために四人部屋になった。自由を縛られた私は苦痛に苛まれた。朝ご飯は同室の老人が粗相した糞尿の臭いに巻き込まれてしまうのである。

先週の入院中に、糖尿病の担当医がアンモニアの高濃度数値を見逃しさえしなければ、そんな仕打ちを受けることもなかったのだが、その担当医が再びにやけたツラでやってきて、まったく悪びれることもなく私に「羽ばたき振戦」などを試した。指先はびくびくと震えた。どうにか治まるまで三日かかった。

なぜ、そうなってしまったのか。食道静脈瘤の処置や食道ガン手術での出血で、肝臓の解毒機能が低下してアンモニアをコントロールすることができなくなり、暴挙を許したのだ。高アンモニア血症が様々な神経症状を発現するのは周知のことである。とにかく私は肝性昏睡に陥る一歩手前だったのである。

退院はもう一日待て、といわれたが、動物性タンパク質を摂らないことと、家では養生に努めることの妥協案を提示して私は退院した。自由を求める私にとっては、病院こそが墓場なのである。そこでは診察を受けにいく人はまずマスクをかけるように指示されるのである。つまり病原菌をうつされに行く処なのである。

退院して、家でいつものように長椅子に横になって読書をしだすと、気持ちがおおらかになった。

一ヶ月経って、入院中にそれこそ命を削って書いた、「猫旅」小説の最終章三一二枚が雑誌に一挙掲載されると、胃の中の緊張が一時に緩んだ。もう少し生きて、今度は生涯で初めての書き下ろしに挑戦してみようかという気持ちになった。

胃にできたという静脈瘤のことは依然として気になっていたが、H・W医師に尋ねても、「あれか」というだけでどうするともいわないので、そのままにすることにした。手術をするといっていた御大O先生からの指令も途絶えたままだった。

これで二月から続いた食道静脈瘤の発見、食道ガンの宣告、三度の食道静脈瘤の手術、内視鏡での食道ガンの手術、肝性脳症での入院、と七ヶ月に及ぶ戦いに一応のピリオドを打つことになったのである。楽天家は運を呼ぶ、そう思った。

そのとき考えたことがある。病気で死んだ人の内、病院の担当医師に殺される患者の割合は二〇%は下るまいということだ。原因は誤診と、無責任で無神経な医者から与えられるストレスにある。だが、それを証明するのは困難であるし、病院や医者に対して民事訴訟を起こしてもまず勝ち目はない。親族は死因に疑念を感じつつ、死者を黙って荼毘《だび》に付するほかない。

医者の責任が問われることが絶対にないのは、医療ミスだと分かっていながら、糾弾する者などおらず、それは医者同士、暗黙の内にかばい合う精神ができあがっているからだ。最初にフグの毒に当たって死んだ人が死に際に「どうも肝に毒があるようだ」と言い残してこの世から去っていくように、「あいつはダメだ、また患者を殺す」と遺言を残して死んでいく患者や医者が出てこない限り、医療に未来はない。

では死ぬとき私は何を告発するのだろう。とりあえず、「健康で幸せな生活を営みたければ、医者には近づくな」とリビングウイルにしたためておこう。

しかし、医者のこととは無関係に、入院中に美談がふたつあったので記しておこう。ひとつは娘が手術代にといって、少ない給料を溜めた中から一五〇万円もの大金を持ってきたこと、ふたつめは家人が夫にかけていたガン保険に関して、朗報を伝えてきたことである。六五歳未満だった私には、一口一五〇万円の満額が支払われるということを発見したというのである。

「ガン保険はもう一〇年かけ続けているけど、あの人はガンでは死なないっていっているし、毎月二万六千円の保険金は預金した方がいいと思うの」

家人は今年の初めに義姉にそういっていたという。ところが翌月夫にガンが発覚し、入院中にじっくりと契約書を読み直した。そこで下段に小さい文字で、六五歳以上の人の場合は半額支給になると書かれているのを発見し、やったぁと、と小さく叫んだ。ガン保険には二口入っていたが、あと半年遅れてガンが発見されていれば、保険金は半額の一口分しか支払われなかったことになる。大事なことは細かい文字で書かれているのである。

私も「やったあ」と喝采したのだが、考えてみればこっちの方は美談というより、家人のガン保険金への執着心に対して、私のガンへの抵抗力のなさが役に立っただけなのではないのか、という疑念もやや芽生えている。

第八章　「ところで、今度は胃ガンが見つかりました」

年金を溜めてグワムに行こう

食道ガン手術の翌年の二〇一三年一月、私は六五歳になった。思えば武蔵野赤十字病院で肝硬変を宣告されてから三年が経つ。四月になると「余命四ヶ月。大事にすれば三年から五年生きる人もいる」と高名な医師からいわれた丸三年をクリアーすることになる。誕生日を境いに、私は国民年金の支払い側から受取り側になることになった。

「債務者から債権者になったのか。バカバカしい。年金なんか受け取れるか」

「そうお、でも、国民年金は六〇歳からもらっているのよ。繰り上げ支給だから全額の七〇％くらいだけど」

「えっ、もらっていたのか。断ったんじゃなかったのか」

「六五歳からは全額もらえるけど、それまで生きているわけないから、六〇歳になったら受け取れと（てめえが）いったのよ。五年間で二五〇万円の差額が生じるから、先に受け取っておいた方が得だって」

「じゃあ、六五歳からもらえるというのは何だったんだ」

「国民年金基金よ。もしかしたら（てめえが）長生きするんじゃないかと思って加入しておいたの」

「そういうことか。じゃあおれの年金分は小遣いにしろよ。基金はおまえの老後預金だ」

落ち込んだ夫に対して、家人は毎月三万八千円ぶんだけ体内脂肪を増やすことになって大喜びだった。悲しい元乙女ココロである。私の体調は低空飛行を続けていた。昨年九月にやった肝性脳症はどうにか治まっていたが、慢性化して脳に障害が起きると家人に迷惑がかかるので、どうにかしてその前に「末期の酒」をやりながら昇天することはできないものかと考えていた。自分の命を粗末にするのは最高の贅沢である。その心意気が新しい生命を誕生させるのである。己れを親鸞だと勘違いしている説教爺ィには分かるまい。誕生日の一月五日には、八王子カントリークラブで開催された松ノ内杯に勇躍出場した。六五歳の祝いを優勝で飾ろうと目論んだが、数ヶ月ぶりのゴルフにふくら脛がピクピク震え、94を叩いて俯いて家に戻った。二ヶ月雌伏すると、脱稿までに一一年かかった小説『猫はときどき旅に出る』の単行本が出版された。

元気を取り戻した私は、急に旅に出掛けたくなった。それも外国である。

「スコットランドかフィンランドを再訪したい」

ゴルフバッグを担いで、リンクスの葦の原をウイスキーを呑みながら歩くのである。そしてある日、嵐の中でパタリと倒れ、野垂れ死にをする。うーん、荒野の素浪人であるな。

「むこうに洗浄便座器はあるのかしら」

いきなり夫を現実に引き戻した家人がのどかな表情でいった。

「ないな。パリにもなかった。フランス人はあれはオカマ用だといってた。民度の低い輩だ」

「下痢のときはつらいんじゃないの」

「安心しろ。おれは野糞の達人でな、南極の大氷原でかましたやつはメモ用紙に名前を書いて袋とじにしておいた。四〇年後には流氷に抱かれてフォークランド諸島あたりに浮かび上がるだろう」

「あ、そう」

関心がなさそうに返事をして、家人は愛犬氷見子を散歩に連れ出そうとした。氷見子は四肢を踏ん張らせている。ブルドッグは散歩が好きではない。

「金はいくらある?」

「ガン保険金の残りが四五万円ほどあるわ」

「グワムにしよう」

個室などで入院出費が多かった。それに四時間の飛行が自分には限界だと分かっていた。いつも体はだるく、歩行も頼りなく、ことに下痢に悩まされていた。電車に乗って出掛けるのが億劫になったのは腸にガスが溜まり、座っていることさえ苦しくなることがあったからである。ガスが暴発して隣にいる老婆を失神させたらコトである。

これは食道ガンの内視鏡手術の影響というより、やはり肝臓が肝硬変のために壊死してしまったからだろう。壊死した肝臓では生命の源であるグリコーゲンを貯蔵しておくことができず、栄養分は棄てられてそれがむくみとなって現れたり、腎臓から排出されてしまう。

壊れた肝機能は筋肉が代役を務めることになる。だから働かされ過ぎた筋肉は痩せ細ってしまう。体重が五三キロに落ちたまま増えないのは、肝臓が栄養の代謝をできず、アルブミンが減少し、解毒もままならないまま筋肉に頼るしかないからだ。可哀相なワタシノ筋肉は、枯れ木のようになってしまった。

さらにトドメを刺すように、肝臓学の第一人者である山口大学の坂井田教授の本には簡単に「肝硬変の人は運動は勿論のこと、散歩も控えて安静にしていなくてはいけません」と書かれていた。つまり日がな一日、ベッドに横たわって死神が迎えに来るのを待てということなのだ。臨床試験ではすでに「骨髄細胞投与療法」で、肝硬変患者を治癒することに成功している坂井田グループこそが、私の御本尊様だったのである。

それが、T大学病院からの情報提供書に「食道ガン」の病名があったため、私は治療の対象外にされていた。厚生労働省主導の倫理委員会から、治療を必要とする患者として認可されずにはねられてしまったのである。それは主治医の意向でもあった。

自分の肝硬変を少しでも筋肉のつけられる身体になるように指導してもらいたいと願っていた私は、

その報告を受けて一応がっかりした。そして、坂井田教授の「安静第一、ゴルフは論外」の文章を読んでさらに落ち込んだのである。

だが、それはそれとして仕方ないことである。厚労省に強大なコネを持っている人なら、たとえ国立大学病院といえども治療を受けることも可能だったかもしれないが、私は組織に属さない単なる素浪人であったので、官僚にとっては虫けら同然である。臨床試験の治療資格を得られることは永久にない。そこで考えを自分なりに改めることにした。

「まことにやっかいな病いをかかえているが、とりあえず食道ガンの手術を終えたし、一一年越しの小説も出版できた。ではつかの間のストレス解消といこう」

グワムとはいえ、これまで気儘なひとり旅しかしたことがなかったので、家人を伴うのは色々な意味で心配があった。そこで愛犬氷見子を普段は何の役にもたたない実姉に、泊まり込みで面倒を見てもらうことにし、「旅の間、衰弱した夫をいじめないでほしい」と同行する家人にお願いして、一緒に成田空港から旅立つことになった。私たちは新婚旅行をしていなかったので(披露宴の翌日、新郎はひとりでニース、モナコを巡るカジノ旅に行きやがったのである)、ふたりで旅に行くのはそれが初めてのことだった。

折から春休みが終わる頃で全てが格安だった。そこでフンパツしてビジネスクラスに乗った。飛行機代と四泊五日ホテル代込みでふたり合計二八万円に収まった。着くなり私たちはさっそくゴルフをした。だが途中で下痢に襲われてジャングルに入り、毒蛇に尻を嚙まれるんじゃないかと怯えながら排泄をした。完璧に打ったボールが崖を越えずに岩に当たって落下していったとき、項垂れた夫を見て家人はクスクス笑ったが、惨めなオッサンは悲愴な思いで、シングル復帰は無理だとあきらめたのである。

肝硬変を治すためには、山口大学の坂井田教授のグループの「自己骨髄細胞療法」が万人向けに認可されるか、京都大学の山中伸弥教授が発見したiPS細胞が、臨床試験を経て病院で使用可能とされるようになるか、患者が肝臓移植でもしない限り不可能なのである。

健康な人を病人にする法

グワム滞在中にT大学病院から二度電話があった。来る前に、いやおうなく超音波と病理検査を受けさせられた私は、一応グワムでの滞在先を医師に伝えてあったのである。H・W医師はガンが再発していないかどうか検査の必要があるといっていたが、電話があったということは、私にとっては悪い知らせに決まっている。

「検査なんかしても無駄ですよ」

「どうしてですか。検査しなくては、ガン細胞があるかどうか分かりませんよ」

「分かったところで、ガンの手術を受ける気はないんだから無駄ですよ」

旅の前にそんな押し問答があったが、結局一緒にいた家人が検査に同意した。

私は検査、検診といったものは無用だと考えている。女子プロゴルファーがしきりに乳ガンの早期発見を呼びかけているCMがあるが、検診をすること自体無意味であり、厚生労働省と製薬会社、病院側の出来レースだと思っている。乳ガンは自分で乳房を触ってみて、しこりが気になるようになって初めて病院で検査を受ければいいのである。

それがもし進行性のスキルスガンであったら、乳房を全摘する医者は、手術が成功しても患者の寿命がのびることはないと知っているはずだ。

早期発見であれ、それが真性ガンであれば、すでに臓器転移しているのである。たとえ延命手術をしても(しなくても)、亡くなる時期は決まっているのだから、苦しむだけ損をする。もっとも患者本人がどうしても手術をしたいと望むのなら、そうすればいいと私は思うだけである。

世の中には常識だと思われていることの中に、随分まやかしがある。検診もそのひとつだ。検診を受けるまで健康だった人が、余計なお世話である「ガン」の告知を受けたとたん、本当に病気になった気がして、やがては死ぬことばかり考えるようになる。人間とは知らないでいる方がいいこともある。ガンがそのひとつだ。知っていいことなど何もない。

早期発見でガンが治ったと喜ぶのは結構だが、それは治ったのではなく。元々ガン細胞などなかった可能性の方がずっと高い。私は「ガンだ」と医者がいうものの九〇%はフェイクだと思っている。つまり、まやかしである。ほうっておけば、いずれ消えてしまうガンなのである。

「早期発見と言いますが、それはガンのお面を被った偽物、つまり粘膜にできるおできです。医学用語でいう『異型上皮』ですが、それがポリープと言われるようになる。すると初期ガンと診断されて胃の切除をすすめられる」

そういって日本癌学会から総すかんを食った近藤誠氏は、まったく意に介すことなく、後年私に、

「欧米の病院では、内視鏡手術で治せるガンはポリープであり、それをガンだといって手術する医者は医師免許を剝奪されかねない。大腸ポリープもただの粘膜おできなのに、日本ではよくガンに変わることがあると脅されて切除をすすめられる。でもポリープがガンに変わったケースは、世界では一例も報告されていないんです」

と語ったことがある。

それを聞いて我が意を得たりと思ったものであったが、六五歳の当時はガンを治そうという意識よりも、私は手術そのものに疑問を持っており、交通事故に巻き込まれた怪我なら外科手術を受ける必要はあるだろうが、ガンの手術など無用であるという信念が芽生えていた。

内視鏡での食道ガン手術以降、まっぴらごめんの手術拒否主義者になっていたのである。手術となれば手柄をたてたい外科医は喜ぶだろうが、体力、気力、筋力を失ってしまう患者にとってはその後の人生が台無しになる。どんなに優れた能力の持ち主も、冬枯れの畑に朽ち果てた姿で立っているカカシとなっては元も子もない。

グワム島から自宅に戻った私は、病院からの呼び出しを受けて、いやいや行った。だが意外なことに、私たちを迎えたT大学病院のH・W医師が最初にいったのは、娘が肝臓移植の可能性について問い合わせにきたということだった。自分の肝臓を半分父に移植したいという相談だったという。それ

には適応検査だけでも半年はかかるし、ドナーの負担も大変だと説明したという。

「それはお断りします。娘にもいっておきます」

娘の肝臓を傷つけてまで自分が生きるべきだとはとても思えなかった。命を粗末にする父など救う価値はない。そう私がいうとH・W医師は黙って頷いた。それからふと思い出したようにこういった。

「ところで、今度は胃にもガンがふたつ見つかりました」

二〇一三年四月九日、六五歳三ヶ月四日のことであった。「熱い国から帰ってきたガン患者」という本のタイトルが浮かんだ。

ガン宣告vs.手術拒否宣言

「やはり胃に転移していましたか」

胃の静脈瘤手術が、血糖値が高いということでいったん延期され、次の指示が出されないまま、それが半年たって、肝性脳症経由でガンに育って姿を現してきたことになる。

もっとも食道ガンが胃に転移することはなく、当時の私は胃ガンと聞いて勝手にそう思い込んでいたのである。しかし医師からも転移ではなく単独のガンだという意見も出されなかった。

「はい。グループ5で、管状腺ガンが二箇所見つかりました。ひとつは小さいのですが、もうひとつは変な形をしていましてね」

胃の内部を写した臨床検査写真を見ながらいった。グループ5というのは「確実に悪性ガン」という意味である。末期ガンと告知する医者もいるかもしれない。見るとたしかに積乱雲というか、ゴジラというか、そんな不気味な形をしたものが映っている。

「こいつは悪相だな」

「O先生とも相談したんですが手術が必要ですね」

「手術はしません」

「えっ、しかし、手術をしないと大変なことになりますよ。高橋さんは血小板数が5万以下なので開腹手術は出血が激しいので危険です。心不全もありえます。でもO先生は内視鏡手術で胃ガンを摘出できるといわれています。やったほうがいいですよ」

少し青ざめた顔でH・W医師はいった。背後に座っていた家人は黙りこくっていたが、その気配から相当ショックを受けているのが感じられた。これも三七年間連れ添ってきた夫婦の呼吸の妙である。恐ろしいことだ。

「たとえ真性ガンであったとしても手術はしません。やらなくても三、四年間は普通の生活ができるはずです」

いや、手術をしないからこそ、数年間は安穏に過ごせるのだ、と私は持論をここでも展開していた。手術をしてしまえば最後、外科医は成功したと満足して患者を「バイバイ」といって送り出すだろうが、放り出された患者は体力が衰え、骨皮筋衛門のようになる。昨年退院した私は周囲からゾンビのようになったと噂されたまま、あたりを徘徊していたのである。

その上、手術後、当たり前のように抗ガン剤を与えられてしまえば、苦悶のスパイラルから抜け出せなくなる。この考えは相手が医者であっても崩れることはない。

Ｈ・Ｗ医師は唖然としていた。私と家人はそのまま診察室を去った。ガンなんぞより、私にとっては肝硬変による日々の生活障害のほうが余程大きかったのである。

（安静にしていなくてはいけないのだ。だが、そんなことしていてたまるか。おれには執筆がある。氷見子と娘と、ついでながら家人を養う義務がある。ガンごときの脅しに屈してたまるか）

翌日家人は改めてＴ大学病院に呼び出され、外科医、内科担当Ｈ・Ｗ医師の両者に雪隠詰めにされて、

「ご主人に手術を受けるよう説得してください。そうでなければ半年後には大変なことになりますよ」「覚悟してください」

そういわれたそうである。医師が患者を心から心配してそういっていたのかもしれないが、私にしてみれば恐喝である。手術費はタダではないのだ。（オイ、カネの問題かよ）

それに真性ガンであれば寛解することは不可能だ。それを「寛解できる」とのたまう医師もいる。だがそういって患者を安心させている医者は、自分に対しても「ガンを治せる」と暗示をかけているだけにすぎない。そうでなければ藪井竹庵センセだ。

なぜ、医者は手術を拒む患者に対して、無理矢理手術をするように強要するのだろうか。

「外科医が手術を奨めるのは、そうでもしないと仕事がなくなってしまうからです」

ある医師のこの言葉こそ的を射ている。それは「外科医はガン仕掛け人である」、という医学界の厳然たる反面を言い当てている。内部告発である。だからといって、やっぱりそうだったのか、と感涙しているときではない。

あのゴジラの形をした醜悪なケダモノを体の中から追い出すにはどうすべきか。医師のいうまま手術をしたら、手術後の人生が台無しになる。抗ガン剤などはガンより強烈な毒そのものだ。ヤワな人間が服用したらひとたまりもない。

ではどうするか。

「愛に生きよう」

おまえは馬鹿か。もう少し人生を暗く考えることができないのか。

しかし、現実を現実として認識した上で、楽天的にものごとをとらえてしまうのが私の性格なのである。「日光仮面だあ」と叫んで屋根から飛び降りて尾てい骨を打ちつけ、呻吟するのが私の歩んできた人生なのである。ガンが体に出現したからといって、その性格を変えられるものではない。オロオロできるものではない。

「よし、三千綱流ほっとけ療法を実践しよう」

そして自分なりのガン放置療法を編みだし、それを試みることにした。その日から丸五年が過ぎた。それが功を奏してどうやらガンのやつはあきらめて一端退散したようである。

ではその「ほっとけ療法」とはどんなものか。

恥ずかしながらそれはここでは書けない。実はマジックの種明かしのようなあまりに馬鹿げたやり方なので、友人知人はおろか家人、娘にも秘密にしてある。知っているのは毎朝眠い目をこすって、そばで眺めている氷見子だけである。しかし、まだ生きて、この一文をしたためている私がいることが、その効果の証明でもある。講演会にでも呼んでくれればその秘密を語り、実践することもあるであろう。むふ。

第九章　医療漂流事始め

自殺細胞と自由の関係

私の医療漂流は、「胃ガン」の告知を受けた六五歳のときから新たに始まった。顧みるに、そのときどきの出会いはなかなか刺激的であり、失意と嘆息、さらに希望と達観に満ちた数年間といえた。病歴に「胃ガン」がつけ加えられると、何やら仏様に近づいた神妙な人物に思われるらしく、「お大事に」という賽銭なしの言葉だけを投げてくる奴がいたり、ときとして「取り扱い注意」の荷札を額に貼り付けられた気の毒な人、という視線を向けられることもあった。

これははなはだ迷惑なことであった。私には胃にガン細胞を保育しているというやさしい気持ちなど、全く持ち合わせていなかったからである。私はただ毎朝、それまで通り、家人の作った朝ご飯を「うまい」と頷いて食っていただけなのである。「ガンとは死ぬことを意味する」という観念は、私にとっては迷信であったということである。この思いには、ガンの奴の方で拍子抜けしたことだろう。

告知を受けて以降、友人知人から先進医療や再生医療の勧め、ネットで見つけたという人からは、温熱療法から究極の免疫療法まで、様々な医療の紹介を受け、ときには、よく知らない人からも、これが最後の療法だ、この治療で私の父は完治した、と脅迫まがいに推薦、勧誘を受けることになったのである。

なぜ、私のガンが知られるようになったかというと、連載しているスポーツ新聞のコラムで自ら書いたり、週刊誌の取材でくっちゃべったりしたからである。最初は地味に糖尿病の話であった。それが、アルコール性肝炎になったあたりから精神構造が狂い始めた。「取材を受けるなら、γ－GTPが4000くらいにならなけりゃ、取材対象の価値がない」てなことをほざいている内に、「肝硬変になっている。寿命四ヶ月」というありがたいご託宣を受け、「己れを実験材料にするのも最早これまで。お祭り騒ぎをしている場合ではない」と覚悟を決めた。私にとってはその死刑宣告で充分に地獄巡りの旅支度は仕上がっていた。そこに食道ガンに続いて胃ガンまで乱入してきたものだから、私に押し寄せる医療情報は混乱しっぱなしになった、というわけである。

物事を複雑にとらえることが苦手な私は、そそのかされるままに幹細胞療法を受けたり、内視鏡検査で出血したため入院させられる羽目になったり、遺言代わりに肝硬変をテーマにした五〇〇枚の書き下ろし作品を奮起して執筆したり（『ありがとう肝硬変、よろしく糖尿病』幻冬舎）、胃ガン宣告を受けた翌年春の六六歳のときには愛犬ブル太郎を偲んで書いた作品『明日のブルドッグ』を自費出版したりした（まだ在庫があります。読んでくださせーまし）。その間にも淡路島の富豪夫妻に誘われて、松尾芭蕉の「おくのほそ道」の旅を偲んで同じ道を二週間かけてたどったり、また長崎、湯布院への小旅行に出掛けて湯にのぼせたり（富豪夫妻の招待であった）、ネット証券の先物投資で証券会社との行き違いで数百万円の損失を蒙り、民事訴訟の準備をしたりと大忙しであった（このときの経験が『投資家の父より息子への13の遺言』の刊行に結びついたのだから作家は油断できない）。それでいて、八王子カントリークラブの競技大会には毎月二回、ふらふらしながら出場していた。「静養が第一、散歩も控えるように」という山口大学・坂井田功教授の肝硬変患者への忠告もまったく無視して生存していたことになる。

「バカにつける薬はない」

と医者から見離されること必定である。だが、実は医者から見離されることほど心地よいものはなかった。何故か。

医者より、三千綱の生命のことは、私自身が「命」をかけて守ろうと覚悟を決めていたからである。いくら患者のことを心配しようが、医者は他人であり、患者はどこからでも湧いてくる。やる気さえ出さなければ、失業の心配がないのが医者という職業なのである。（うむ、ここは危ない表現であったな。実は真実を衝いているのである）

それに他人が診る以上に、体のことは本人が知っている。医者は血液検査やCTで患者を診て、病気だと判断しているだけである。ならばコンピューター技師と同様であり、彼らにとってはマニュアル通りに進めることが肝要であり、心を置き去りにしている。命がけで目の前の患者を救おうとしてはいない。ひとりの患者のために自分の肝臓を提供しようと申し出る医者などいるわけがない。口先だけだといってもいい。それを私は自己満足ならぬ、「医者満足」だと断定している。

だってねえ、ベルトコンベアーに乗せられて次から次へとやってくる患者に対して、いちいち本気で命がけの診察をしていたら、ご本人が真っ先に成仏してしまうだろうが。この思いは医者に対する同情も含まれている。医者だって、「私の命を救ってくだせー」と懇願されようが、「治せネーのか、この藪医者め」と罵倒されようが、無理なものは無理なのである。

それより、患者自身が野生に返るつもりで自らの体を探検すれば、想像していた以上に人間にはたくましい生命力が宿っていることが分かる。これは信仰ではなく、自然の力なのである。

人には生まれつき「アポトーシス」がプログラミングされている。体をいい状態に保つための様式だが、裏の顔もあり、別名自殺細胞ともいわれている。肝硬変で肝細胞が死ぬのも、アポトーシスが出動したからである。正常細胞を殺してガン細胞が生まれるのもアポトーシスだといわれている。これは自然が生んだ人間淘汰だと私は思っている。だから、アポトーシスが体の中で起動するまでが生きている時間である。その間は、自由に、積極的に行動していこうと思っている。

悪魔の囁き、天使の願い

ガンを宣告されると、私自身それまで曖昧だった信条が明確になってきた。すなわち、「『ほっとけ療法』に徹する。手術はしない。自己流の暗示力があればこけ脅しの胃ガンなど消滅していく。たとえ真性ガンであっても放っておく。手術してもしなくても死ぬ時期は変わらないからである。ならば手術せずにこれまで通り、ノンキに過ごす方がよろしい。おまえのような罪深き者が、今さらジタバタしても誰のためにもならない。てめえは生きている歓びをありがたく満喫しながら、のどかに去ればよろしいのである」

という思いになっていた。「則天去私」である（漱石様の模倣である）。だから医療に関する情報にもうとかった。世の中では、先進医療、高度医療、再生医療、免疫療法と様々な医療方法が喧伝されていたが、ガンを宣告されても私は全く無知で、その違いが全然分からなかった。

しかし私のところへ取材にくる方は、ガン患者である私のことをその道の探究者であると思い込んでいる。「重粒子線でのガン治療は考えなかったのですか」と訊かれても、そもそもそれが有効な放射線治療のひとつである、という世間の一般常識さえ知らなかったのである。要するに「無知というより、無関心」だったのである。

本を読むようになったのは、ガンについての取材を受けるようになってからである。私はまず先進医療と再生医療の違いを知ろうとした。同じようなものだろうと思っていたが、これが全然違う。先進医療にはみるべき物があるが、再生医療は国立大学で研究しているものもあれば、怪しげな民間療法でも再生医療と称して高額な治療費を取っているところもあり、そういうところへも患者は藁をもつかむ思いで相談にいく。川島なお美さん、小林麻央さんも、最後はガン民間療法に頼った。スティーブ・マックイーンも米国内には治療を受けてくれる医者が最早いないと知ってメキシコに行き、怪しげな医者の手術を受けた。亡くなったのは手術を終えて一二時間後のことであったという。

それに私の場合は肝硬変というガンとは全く異質な殺し屋が存在しており、これらがひとつの体に同居して、それぞれが私の命を奪おうと狙っている。種類が違うからその防衛方法も全然違うのである。それなのに、親切な人々はガンだろうが肝硬変だろうが、何でもかまわず、究極の治療法とやらを勧めてくる。悪気はないのだから無下に断るわけにもいかず、一応調べる。そうこうしている内に数年がたち、私は情報魔による洗脳をたびたび受けるはめになった。

大富豪からの「再生医療」の電話は悪魔の囁きであり、娘からの「免疫細胞療法」の知らせは「天使の祈り」であった。だがその前に先進医療の誘いがあった。

先進医療でも治療費は高い

私が敬愛するなかにし礼さんは、厚生労働省が認めた先進医療のひとつである「陽子線」という特殊な放射線による食道ガン治療を受けた。第五章でも書いたが、私が内視鏡での食道ガン手術を受けたのと同時期のことである。一〇歳年上の礼さんからかつて私は特別なもてなしを受け、京都祇園の御茶屋での遊び方などを教えられた。礼さんはお金持ちだからお金の使い方もおおらかだが、原稿料一枚五五〇〇円の純文学作家の私はいつもオロオロしていた記憶がある。

ところで、このエッセイでは病いの話と平行してよくお金の話が出てくるが、それは当然のことである。貧しい人に対して先進医療は平等ではない、という前提に立っての話は正義のためではなく、それが事実だからである。だがそれは保険制度が全ての病人に平等に扱われていない、ということではない。むしろ、日本の保険制度は世界に誇るべきものであると思う。

だが、高額の医療費がかかる先進医療、高度医療という名の未承認の医療機器を使った医療費などは、絶対的にカネが最大のステータスを握っている。カネが命の取り扱いを指図できる地位にあるのである。

ここで一気に卑近な私の状況に戻って話を振り出しから進める。

世間の思い込みとは違って、作家なんてものは案外貧乏なもので、朝から晩まで椅子に座って呻吟しても書けるのはせいぜい七枚。それも毎日規則正しく書けるわけもなく、妄想が三日に二日発露するので、生産枚数は年間六〇〇枚ほどである（一八〇枚の年もあった）。金儲けのうまい作家がいたらまずインチキで、その御尊顔を神棚に祀って詐欺商法をご教授願いたいくらいなものである。先進医療をあきらめたのも、その法外な医療費を考慮したせいでもある。

なかにし礼さんとは手紙のやり取りをしていたから、当時の経過はよく知っていた。ガンの治療法はまず、抗ガン剤でガンを叩いて小さくし、それから手術をしてガンを切り、最後に放射線を当てるのが常識だ、と礼さんは書いていた。ところが心筋梗塞の手術を二回していた礼さんは、もう切る手術はできないと古い付き合いのある医者団に断っていた。そういう状況の中で、その頃はマイナーな扱いを受けていた「陽子線治療」を見つけた。

国立がん研究センター東病院で受けたこの治療には約三〇〇万円かかったが、その頃もらった礼さんからの手紙には「毎日タクシーで病院に行き、三〇分くらい照射を受けて帰り、自室にこもってそれまで読めなかった古典文学を読んでいます。まるで学生時代に戻ったような気分で、もしかしたらこのまま寛解するのではないかという夢も抱き始めました」と書かれていた。そして六週間の治療のあと「CRですね」と担当医から告げられたという。

つまり、「コンプリート・レスポンス」、腫瘍が消える完全奏効であったという。このときリンパ節の転移も消えたと礼さんはいっていたから、治療前のCT検査でリンパ節にもガンが見つかっていたということになる。リンパ節ではなく、事前のCT検査で臓器転移が見つかっていれば、真性ガンであるというのが医学者の共通した見解だ。礼さんの場合は偽のガンと本物の半々の可能性があったことになる。

ともあれ礼さんの復帰がワイドショーで報道されてから、陽子線治療を受ける人が病院に殺到し、今でも順番待ちだという話である。二〇一三年には礼さん自身が『人生の教科書』(ワニブックス)という自著を刊行し、「切らずに治すガン治療」という標語を使って注目を集めた。

食道ガンの手術をして退院してきていた私も、礼さんの影響を受けて陽子線治療のことを調べた。通常の放射線治療との違いは、X線だと体を通り抜けてしまうが、陽子線の場合は狙いを定めた場所にピタリと止めてガン細胞をくりぬいてしまうという。だから固形ガンのように一箇所に固まっているガンには有効であるという。一五センチの大きさの肝ガンでも治療ができる、と筑波大学附属病院陽子線治療センターの櫻井英幸センター部長はいっている。国立がん研究センター放射線治療科では二一〇万円で請け負っている。

いずれは肝ガンになる運命を持っていた私はそれで大いに勇気づけられた。「よし、もっと仕事をしよう、そして新しい自分に出会うのだ。ついでに恋をするのだ。二八歳以上、四八歳以下ということで、よろしく神様」と書いた紙を、熊野神宮玉置神社の守り札に貼り付けた。ハッピイであった。（神様もバカを相手に大変である）

陽子線治療はさらに、肺ガン、前立腺ガン、膀胱ガン、頭頸部ガン、脳腫瘍に効果があるという。そこで私は筑波大学附属病院陽子線治療センターに問い合わせをした。すると、臓器転移がなく、放射線治療を受けていないという条件にあてはまれば、年齢に関係なく治療は可能だと分かった。保険適応外のため、治療には二八四万四千円かかる。それは一回でも三〇回でも治療費は同じであるという。つけ加えると、診療費や検査、投薬の料金は健康保険の対象となる。

儲からない医療は絶滅する

「先進医療」と「高度医療」が混合していて診察費がはっきりしない、と患者を悩ませていたのが「高度医療」の位置づけである。先進医療のひとつとされていながら、保険適応外の医療機器を使っていることもあり、それが医療費を曖昧にさせていたからだ。

だが、二〇〇八年から「高度医療」にも、救いの手がのばされた。厚労省から「高度医療」であると認められて指定をされれば、たとえ未承認薬を使った治療であっても、診察や検査、入院費が保険対象とされるという。

このあたりのことは、病名や使う医療機器によっても違うので病院に直接問い合わせることだ。自由診療なのか保険対象なのか、曖昧にしたまま手術を受けてはいけない。

しかしどっちにしろ、私個人としてはこのような「高度医療」を怪しんでいる。医療機器が怪しい上に扱う医療関係者も怪しいからである。

実際、テレビで放映される高度医療の背後には、詐欺師が混じっていることもある。詐欺師ではなくても、医療を全面に押し出した番組には製薬会社がスポンサーとしてついている。病気を解説するゲストの医者が、この薬は効果がない、それどころか副作用で脳神経がやられてしまう、などと正直に発言できるわけがない。

番組の意にそわない医者は正しいことを言っていても、即退場になる。従って有名になりたい、浮かれた浅知恵の医者ばかりが番組で重宝されることになる。普通の人であれば、調子よく生きるのも生き方のひとつであるが、命を預かる医師が無節操であってはいけない。こういう人たちが尊敬されるように印象操作ができてしまうテレビメディアの力は恐ろしい。チェックする機関が同類の者で構成されているからひどいものである。

メディアの脅威とは別に、接待という賄賂によって厚労省が認めてしまう「高度医療」もあるのではないか。官僚こそがかつてノーパンしゃぶしゃぶを堪能したのである。

それでも「先進医療」にかかる治療費は高いが、それで命が助かるならと必死になってお金を掻き集める人は多いだろう。だが、私は結論を出すのを控えた。

実直な研究者は不幸になる

「三〇〇万円かあ、六〇〇枚の原稿料とひき換えだな」とまず私は溜息をついた。先進医療適応の保険も発売されるようになれば、それで少しは補えるかもしれない。しかしそんな保険があっても、保険会社は利益が出ると判断して販売にゴーサインを出すのである。患者が先進医療保険を受けるためには様々な条件をクリアーしなければならないだろう。支払いを受ける段になって、契約書に書かれた細かい文字を見落としていたために、保険金を受け取れない状況に遭遇するかもしれない。

だが、どちらにしろ、そのときにまた考えよう、と肝性脳症の後遺症が残っていた私はぼんやりと雲を見ながら呟いていた。やはりグループ5の胃ガンだと宣告された以上、「訃報は近い」と覚悟していたし、毎日三〇分の陽子線治療で、真性ガンが消失するとは信じることができなかったのである。それが事実であればアラブの金持ちを始め、世界中のガン患者が日本に押し寄せる。そしてノーベル生理学・医学賞となっていたはずである。

それに先進医療の前線に立っている医療機関がどんな難病の患者も治療しているかといえば、それはほぼ幻想であることも分かっていた。奇病、難病の患者に対して日本の医療機関では、原因が解明できず治療不能、として患者を放り出してしまうのが現状なのである。なぜか。

儲からないからである。

すなわち、原因不明の難病に対してもそうだが、未開の地で出ている死人に興味を示した研究者に対して、周囲の先端医療に従事している人たちは、訳の分からない細菌に近づいて自らの命を落としても誰も誉めてくれないぞ、と諌めることになる。それに国家も数十人の患者のために予算を回すはずもなく、あっても極めて稀なことだ。

それら複雑怪奇な人間模様、欲望、名誉を含めたことがら全てが先進医療の現実なのである。無医村に積極的に行って医療活動しようとする有名大学出の医者が、日本には一万人にひとりしかいないのがもうひとつの現実だ、といったらワイドショーファンにも理解してもらえるかもしれない。日本の医者の数は三二万人である。

ちょっと別の角度から見てみよう。

ビタミンは人間には欠かせない栄養素で、とくに最初に発見されたビタミンB1はブドウ糖をエネルギーに変換する働きをする。不足すると疲労やだるさの症状がでるが、ブドウ糖を必要とする脳は不足するとことにひどいことになり、はっきりいうとバカになる。糖尿病のため、カロリー制限ばかり医者からいわれていた私はある時期、忠実に米食も少なくし、肉も魚も控えていたから相当バカになった。だが、あるとき、命と引き換えにしてもいいからバカを返上して天職である創作業に専念しなさい、と鈴木梅太郎博士から天啓を受けて好きな物を腹六分だけ食事をするようになって、カムバックの兆しをみせた。鈴木梅太郎はビタミンＢ１の発見者である。たったひとりで研究に没頭し、成果を上げたが、奇人といわれ日本では認められなかった。そのため、その発見をアメリカの学界で発表しようと汽船に乗ったが、その航海の途中で病没した。論文が発表されていればノーベル賞だったと後年いわれたものである。ビタミンＢ１を宣伝しているシオノギ製薬は、鈴木梅太郎の伝記本がポプラ社から発売されていたことをもっと知るべきである。（著者は高野三郎。それがしの父である）

しかし礼さんは希望を抱く

一度は完全消失といわれたなかにし礼さんだったが、二年半後の平成二七年二月に、今度は手術した食道横のリンパ節にガンが見つかったと検診でいわれた。陽子線の治療のあとで、担当医から寛解したといわれても、ずっと頭の隅には不安があった礼さんは、

「ついに来たか」

と思ったそうである。礼さんは七六歳になっていた。この頃は礼さんと連絡を取るのを私は控えていた。私が食道ガン手術の後遺症でよろよろしていた頃、礼さんは元気づけのため、私に高価な花を見舞いに贈ってくれたものだが、実は六七歳になったばかりの私は、肝硬変から来る血行不良、ヘモグロビン不足、血小板が５万以下（通常は14万—40万）で、毎夜のように強烈な足の痙攣に悩まされていて、よろよろどころか、散歩もままならない状況にあった。連絡を取り合って、互いに病いを慰め合うのはつらいという思いがあったのである。

ガンが再発したとき、礼さんはもう一度陽子線治療を望んだそうだが、そこは以前の食道ガン治療で陽子線を当てたところであり、またやると過剰照射になり、他の臓器を傷つけると医師からいわれた。ガンが大きくなると気管を突き破り、そうなれば即死だといわれたようだ。

心筋梗塞を恐れていた礼さんだったが、医師の説得を受け容れて胸腔鏡の手術を受けた。四時間に及ぶ手術だったが、気管支に張り付いていたガンは取れなかったという。私だったら、「手術しただけ損をしたじゃねーか。オメーは実力もねえくせにただ実験したかっただけだろう、この詐欺師野郎」と罵倒するところだが、紳士である礼さんは黙って医者の不始末を受け容れたと聞いた。それどころか、

「いつガン細胞が気管支を突き破るか分からない。人生計画は一週間刻みで立ててください」

といわれたようだ。礼さんは手術した背中の激痛に襲われた。さらに抗ガン剤の治療が始まり、精神的にも追い込まれた。

抗ガン剤は副作用が強く、むしろそれで追い込まれる、と近藤誠医師はいうが、同時に白血病などの血液ガンには効果があるといっておられる。礼さんを再度襲ったリンパ節ガンもまた別名血液のガンともいわれていた。それで抗ガン剤治療が功を奏し、ガンはどんどん小さくなったという。現在、礼さんは陽子線治療と抗ガン剤治療を平行して受けているそうである。（また300万円かあ）昨年礼さんは七九歳になった。仮にもし肺にガンが見つかっても抗ガン剤治療は受けないで頂きたい。苦しむ礼さんを見たくないのである。

その願いとは別に、礼さんに対しては、たくさん女を泣かせてきたし、作詞した歌謡曲は今日もカラオケで流れている。もう充分生きたんじゃないの、と私は思うのだが、

「いや、これから本当のなかにし礼の小説が書ける、傘寿はその小説の完成祝いだ、ミッチも酒ばかりかっくらっていないで小説を書け、悔しかったらもう一度女を泣かせてみろ」

といわれそうなので電話はしていない。小説はともかく、女を泣かせることは、私の人生行脚にはなく、「泣かせ」とは生涯無縁である。

でも、私としては胃ガンといわれても先進医療での治療は除外した。重粒子線治療や陽子線治療にそれほど効果があるのなら、厚労省は八〇億円の機械をどんどん病院に与えて健康保険で扱えるようにすればいいのである。保険除外の現行料金はあまりに高価であり、それなら従来からあるリニアックという治療装置での定位照射で十分であると思うからだ。

玉村豊男さんの肝臓ガン

ようやくガンになったと自慢しているのが、画家でエッセイスト、ワイナリーオーナーの玉村豊男さんである。近頃『病気自慢――からだの履歴書』(世界文化社)と題する本を上梓したくらいなのだから、相当喜んでいる印象である。私より二歳年上の玉村さんはその人生がユニークで、創造力に溢れている。絵を書いて過ごし、旅をし、ワインを自分のぶどう畑で醸造してのどかに生きているのだから、病気くらいしなくてはバチが当たりそうである。私がいわなくてもご本人がそう認識している。

これまで交通事故を含めてなんやかんや、一四回も入院をしている玉村さんに肝臓ガンが見つかったのが七一歳のときである。三つあったそうで、そのうちのひとつは直径三センチになっていた。だいたい三〇億個のガン細胞があったことになる。

慢性の肝炎だった玉村さんは肝臓ガンができやすい体質になっていた。しかし、肝臓ガンと告げられたとき、玉村さんは意外にも「これからは好きなように生きられる」と思ってヨイ気分になったそうである。

ヘンな人と一般人は思うかもしれないが、玉村さんの思いは私にはよく分かる。肝炎が治ったというものの、この次にくるのは肝硬変ではないか、肝臓ガンではないか、といつもびくびくしながら過ごしていたというのである。

その恐怖感がなくなり、残りあと三年の人生設計をしようと思うとほっとしたというのだが、私は玉村さんは何もあらためて人生設計を作る必要もなく、これまで通り好きなように生きていればいいのではないかと思う。私と玉村さんとはどこか人生観が似ているところがあり、それはふたりとも楽天的な性格のせいもあるのだが、とにかくあまり悲観的にものごとをとらえないタイプなのである。こういう人間は人生を愉しみ過ぎだと他人からよく妬まれる。

なんでも玉村さんはガン告知を受けた夜、友人とシャンペンで乾杯したというから、やはりヘンな人ではある。

そんな玉村さんでも順天堂大学で手術を受けた。それは病気に無関心故の手術であったことは明白である。ＲＦＡ（ラジオ波焼灼術）といわれるもので、玉村さんは放射線の一種と思っていたそうだ。放射線とは違って、ＲＦＡは針につけた電極に高周波を流して一〇〇度の高熱を発生させ、ガン患部を破壊するというやり方である。

この手術を新たにガンが発見されるたびにしたそうで、それは都合四回行われたが、死ぬまでにはまだ何回かやることになりそうだという。

玉村さんは気楽に書いているが、手術のあとは数時間身動きできなくなる苦しさも伴うので、簡単にガンが治せるという殺し文句であっても私は受けない。

私が玉村さんを無知だったと思うのは、手術で半分切りとろうが、肝臓ガンは痛みもあまり感じることなく、いわば老衰に似た感じでこの世から消えていくことができる大変ありがたいガンだからである。切ろうがＲＦＡをしようが、いったん治ったように思えても、寿命のつきる日は同じなのである。全然変わらないといってもいいだろう。それだったら手術するだけ損である。絵筆を取る時間が削がれる。

そういいたかったのだが、すでに玉村さんのスケジュールの中には、ラジオ波による治療という項目が書き込まれてしまっているらしい。人それぞれとはいうが、私としては、玉村さんにこの言葉を贈りたい。

「玉村仙人様。拙者はあなたが恐れていた肝硬変にもなり、胃ガンを宣告もされたが、それは嬉しいことでは全然なく、ふざけた野郎だと思うだけで、あとは一切暗示力とほっとけ療法で封印している。いや、テロリストのガンは、恐怖をもたない奴は脅迫のしようがないとあきらめて、もう立ち去ったようだ。つうか、ばかばかしくなって逃げ出したんだろうね。玉さんも、もう治療は一切やめて自家製のワインを飲みながら、絵を書いて暮らしていこうよ。手術なんてあなたには似合わない。天真爛漫、そのまま天国にいくのが似合っている。でも拙者を道連れにしないでくれよ。ワインなら軽井沢の家まで飲みにいく。それよりどっちが先に逝くか賭けようって？　遺言書に三千綱にワイン畑の絵画一点あげてくれ、と書き加えてくれたら賭けてもいいよ。でも、世の中にはこういうシャレが通じない人が多いからね、あまり大っぴらにはしないことにしよう。ところで玉村さんは、いつ仏様になってもいい顔立ちをしているなあ。これから毎朝拝ませてもらうことにします。ガンも逃げ出す高橋三千綱より」

第十章　再生医療たあ、何だ？

幹細胞治療の誘惑

六五歳の初秋のことである。私はひょんなことから幹細胞による再生医療を受けた。再生医療とはヒトデみたいな自己再生能力を人間に備えさせようというものである。自分自身の細胞で劣化した器官や、肝臓ならば壊死した細胞を、再生させようとするものである。

そんな夢みたいなことを現実にしようというのが再生医療なのである。私はそれを受けてしまったのである。

すると、同年輩の男どもから挨拶代わりに「で、あっちの方はどうなった？」と訊かれることが多くなった。これは男は下品とか下劣とかということではなく、哀れさの象徴ととらえている。二〇一二年一〇月に京大、山中伸弥教授のノーベル賞受賞以来幹細胞が注目されるようになり、それがいつしか若返り法として有名になっていたようである。

若返り、すなわち、オッサンどもにとっては、「勃起・力」である。こんな終末思想に満ちたタイトルの本を出版して、ベストセラーを出そうと企んでいるわけではない。それは貧しさに負けた場合である。ただし、負けそう、である。

世間でいう勝ち組連中は、根がケチなものだから、他人の効果を見てから高額な治療費を払うかどうするか決める様子でいるのである。私の場合はそんな気楽なものとは違って、もそっと深刻な状況になっていた。

胃ガンの手術を断ったものの、肝硬変による体調の悪さはいかんともしがたく、それまでの一年半に及ぶ禁酒をしたのは正しい判断であったが、血小板数値は下限値の三分の一から上昇することはなく、また血糖値は空腹時220mg／dL近辺の高値を維持したままであった。五月末になって私は次の長編小説の執筆にとりかかったが、いつも身体がだるく、わずか三〇分ほどデスクに向かっただけでベッドに倒れ込む日が続いていた。

そんな中、傷害された細胞部分を幹細胞治療の「修復力と防衛力」で改善させる、というクリニックの宣伝文が私の前に差し出されてきた。最初に目をつけたのは家人である。なんでも「肝硬変の改善を目標とした研究」が国の設置する部会にて了承されたという。

「講習会があるらしいから行ってみたら」

「幹細胞治療などばかばかしい。アンチエイジングなどとうたっているが、それは詐欺の常套手段だ」

「でも説明だけでも聞いてみましょうよ。とりあえず申し込んでおいたわ」

毎日、工夫をこらした和食料理を作ってくれていた家人も、私のはかばかしくない健康状態を見るに見かねていたのだろう。胃ガンの手術を断固拒絶したのはよいとして、毎日へたっている夫の姿に、ガンの他臓器への転移を心配していたのかもしれない。

ガンと肝硬変とは何の関連もないといったものの、家人の運転で大宮駅前にあるSクリニックに出向いたのは、ガン手術を拒否した二ヶ月後の六月中旬の頃である。なんせ車を運転するときでさえ心拍数が上がっていた私は、とても弱気になっていた。なんとしても今書き出したものだけは脱稿したいと必死だった。

そこは洗練されたクリニックであり、その証拠に受付には美女をふたりそろえていた。そこで、ここは儲かっているな、すなわち金儲け主義だな、と私は思ったが、なぜか誘惑に負けて美女に案内されるまま説明会の部屋に入ったのであった。怪しみながらも女に目がいく悲しい男の性である。

その日は月二回開催される講習日で、幹細胞治療を聞きつけた当事者や家族の人が、およそ二〇人ほど集まっていた。まず若い男が講習の進め方を話し、ついでT院長が登場した。その風貌は海中でボーッとしているマンボウを思わせた。

まず院長は現在の医療と幹細胞治療の違いを説明した。

「病気の原因を叩くのではなく、『修復力と防衛力』で対抗するのです」

その中で注目されるのは「成体幹細胞」のもつ「多能性」であり、たとえば血液の細胞になれる

「造血幹細胞」もあれば、神経細胞になれる「神経幹細胞」、皮膚や骨、脂肪細胞などになる「間葉系幹細胞」などがある。当然肝細胞になれる幹細胞も存在する。

そういった講義が終わると突然、松葉杖をついた体格のいい五十過ぎの男が登場した。なんでもSクリニックで幹細胞療法を受けた人物で、どうしても今の現状を説明したくてボランティアで講習に参加したという。どういう病気だったかよく分からないのだが、男は子供の頃から車椅子で生活しなくてはダメな身体であったのが、ここで治療を受けて、自分の足で歩けるまでに回復したといっていた。ごつい筋肉質の男で、とても病弱だったとは思えない骨格のしっかりした感じの人で、なんとなく元患者兼クリニックの広報担当者という感じがした。私はこういう演出めいたやり方が好きではない。そういう芝居がかったやり方を私は見世物興行だとみなしている。「大板血（オオイタチ）」と同じである。その男にどのような効果があったか知らないが、いかがわしさプンプンであった。マカオで八百長カジノを散々見てきた私の「直感」である。その日はアンケート用紙に質問事項を記入しただけで帰った。

「車椅子で生活していた人が歩けるようになるなんて幹細胞治療ってすごいわね。だけど幹細胞って初めて聞いたわ。体の中にもともとあるものだという説明があったけど、それって何なの？」

運転しながら家人がそう聞いてきた。

「勃起能力復活支援の細胞だ」

とは私は答えなかった。そんなもの復活させてどないするんじゃ、と問い返されたら返答に詰まることが明白であった。明白とは風光明媚ということではない。

「幹細胞の定義は三つに分類されているが、それらの医学用語は学者の言葉遊びだ。患者にとっては、死んでいく細胞の代わりに、新たに無垢な細胞を供給してくれるありがたい医療だと思っていればいい」

「そんな細胞があったのね？　六〇兆個の細胞のうち、どのくらいあるの」

「そのヘンは学者も曖昧にしている。人体を構成する幹細胞は三七兆個だともいわれていて、そいつらは骨だの心臓だのを構成していて役割が決まっているんだが、その他にとくに何を分担するのか決まっていない、まだ色に染まっていない純情可憐な風来坊みたいなやつがいて、実は色んな細胞になれるんだな。消滅しそうな細胞を見つけると、そいつに成り代わってしまうんだ。これが幹細胞というやつだ」

「それが人間の体に元々いるんでしょ。それを取りだして治療するっていっていたけど、どういうこと」

「幹細胞だって死んでいく。だから滅亡する前に幹細胞だけを取りだして培養器にかけて数を増やすんだ。その健康な幹細胞を点滴で体に戻してやると、援軍を得た元からいた風来坊が意気軒昂になって、肝臓やら心臓にいた死んだ細胞にとって代わる。で、人は蘇るというわけだ」

「すごいじゃない。それだったら人は死ななくなるわね」

「むむ……。詐欺師はそこのところをうまくかわして、生きたいと願っている人の弱みにつけ込むわけだ」

つまり、私はつけ込まれようとしているのであった。

その後、クリニックから連絡があり、出向いてみると院長には会えず、陰険そうな狐顔の事務長から治療には一回二〇〇万円ほどかかることや、肝硬変治療と平行して、今やっている病院治療を続けてもらって相乗効果を狙うといわれたのである。

「病院での治療と平行して幹細胞治療をしたら、どっちの効果でよくなったのか分からないんじゃないんですか」

「相乗作用でさらにうまくいくんですよ」

「通常の治療といっても病院では実質上何もやってくれないですよ」

「薬が出ているでしょう」

「インシュリンですね。ランゲルハンス島が休業状態なので、かわりにインシュリンを自分で注射しているんです。肝臓に効く薬などないし、せいぜい味の素が出しているアミノ酸くらいです」

「でも、何か薬は……」

「ないです。肝臓は解毒するのが仕事ですから、どんな薬も栄養剤でも肝臓にとっては毒なんですよ。事務長ならそれくらい知っているでしょう」

「では何のための病院なんですか」

「栄養の代謝がちゃんとできているか採血してみてもらうだけです。アルブミンです。肝移植以外では病院でやってもらえることは今の段階ではありません」

「そんなわけないでしょう。肝臓の細胞を研究している病院は多いはずです」と狐顔がいった。私は頷いた。

「ええ、横浜市立大学などミニ肝臓をｉＰＳ細胞を使って造っています。でも、いつ、どんな患者にも治療してもらえるようになるかは全く未定です」

医者でもないのに、狐顔を相手にしている内に私の口調は偉そうになってきた。

「はは、そうですか。それでうちにこられたわけですね」

「そうです。そうおたくで宣伝しているから来たんです。それで治療は一回ですむんですか」

「それはやってみなくては分かりません。数回の人もいるし、もっとやる人もいます」

私がなおも質問しようとすると、事務長はなぜか忙しそうに周囲を見渡し、今は予約で一杯で、もしかしたら院長は仙台で被災者の治療をするかもしれないので、あとでまた連絡するといいだした。そういわれたら引き下がるしかない。

だが結局その後の連絡はなかった。私も家人も、事務長は無知すぎるし、きっと詐欺師の手先だなと話していたところであったので、ボーッとしているようで抜け目なさそうなマンボウ先生と陰険狐の誘いには耳を貸すまいと決断した次第であった。とどのつまり、第一回の幹細胞による肝硬変治療ではつけ込まれずにすんだのである。

しかし誘惑にはまる

冒頭に書いた幹細胞治療を始めるきっかけになったひょんなこととは、淡路島に住む大富豪M氏からの一本の電話であった。ゴルフ場にいるというM氏は、同伴したプレイヤーから聞いた話だがといって、その人は最先端の幹細胞治療で睡眠不足が治り、格段に体調がよくなったというのである。顔も若返ったという。

「それはよくあるアンチエイジングの宣伝で、医療機関は金持ちのおばさんたちから大金をダマし取っているんだ」

「アンチエイジングだけじゃなく、これは成人病も改善させるそうだ。どこかの研究所の理事もここで治療を受けて糖尿病がよくなったとどこかに書いていた。肝臓も再生するそうだ。ミッチィにはぴったりだ、試しに受けてみたらどうだ」

「金がかかりすぎる」

貧しさに負けそうになっていた私は、Sクリニックの陰険狐が口にした、一回二〇〇万円の治療費に全面降伏をしていたのである。

ためらっていた私にM氏は笑いながらいった。

「文豪が何いってんのや。金のことなんか気にすることないやろ。ミッチィが死んだら日本文学界の損失や。こっちで段取りをしておくよって、あとで向こうに電話して予約を取り付けたらええ」

そういうことならやってもいいかと私は思ったのである。そういうこととは、これまで資産数十億円のM氏からは「奥の細道」の旅を始め、旅に出るたびに何らかの援助をしてもらっていたし、自費出版した文庫版『明日のブルドッグ』は五〇〇部の注文を出版社に出してくれた。それで調子よく、今度もそうであろうと思ったのである。だが、それはまったく都合のよい解釈であったことが治療後に分かるのである。M氏は私の体をそれなりに心配してくれていたようだが、富豪には富豪なりに共通した人生訓がある。友情と施しは別なのである。

行く前に治療を受ける予定の同じ「サンフィールドクリニック」で再生医療を受けたという、NPOのI研究所の理事という人の書いたコラムをネットで読んだ。F氏は自分の腹部から脂肪を取り出す手術を受けた。最初はまず九〇〇〇万個の幹細胞投与を受けたが何も改善しなかった。ひと月置いて二回目、さらに二ヶ月置いて三回目の投与を受けると変化が出た。血糖値が改善し、BNP(?)という心臓検査の数値が正常値に収まったという。九回目の投与の後には不整脈もなくなり、ウエイトリフティングのシニア世界選手権にも出場できたという。

一単位三〇〇〇万個の幹細胞投与で七〇万円である。一回の投与数が最初の時以外明瞭ではないが、相当の金額を支払ったことは推察できる。最低一千万円はかかっている。この理事は広告塔かな、とまず疑った。

それにしてもやはり、カネか、と私は溜息をついた。これが事実であれば札束で命が買えるのである。秦の始皇帝がこのことを知ったらどういう行動に出ただろうと暫く想像していた。

で、ある寒い日、最初の治療を受けに私は二時間かけてよろよろとゆりかもめに乗って、テレコムセンター駅にある「サンフィールドクリニック」まで出向いた。そこではまず最初に簡単な質問が出されたのだが、その中に「男性機能が低下していると感じるか」という項目があった。タブレットにイエス、ノーのマークを入れるのだが、若い看護婦が微笑みを浮かべてこちらの指先を見つめているのでちょっとたじろいだ。あんたの太腿を撫でてみれば、たちどころに解答が出るはずじゃ、と腹の中で思いが弾けた。

私が幹細胞治療を受けたといった後の紳士たちの「で、あっちの方は」という反応の理由は、このタブレットに隠されていたことを私は知るのである。

そこは「脂肪由来の幹細胞療法」の再生医療をする治療院として、すでに有名になっていた。脂肪由来とは皮下脂肪などから脂肪を採取して幹細胞を分離し、それをひと月ほどかけて培養して、患者に投与するのである。あとは体内に入った大量の幹細胞が肝臓を構成する細胞になったり、あるいは自分とまったく同じ能力をもつ幹細胞を、コピーしてくれるのを待っていればいいのである。

それまで邪魔物扱いされたり、女性からは忌み嫌われていた腹デブの元凶である皮下脂肪から、若返り術の原石の幹細胞が採取できる。ゴミが宝物に化けるのである。

ただ私の場合は肝硬変ということで自分の皮下脂肪にある幹細胞は腐っている。たとえ生きていても数が少ない上に生命力を失っている。それで、

「他人から採取した脂肪から幹細胞を分離して培養、投与します」

と担当のH先生からいわれた。いわば難病性疾患の扱いである。これを説明してくれたH先生はクリニックの院長であり、幹細胞を用いた再生医療の研究会では理事長をしているという触れ込みであった。温厚そうな感じのいい方だった。ただ、他人の幹細胞を採取して使うということが引っかかった。

「他人とは誰のことですか」
「うちの研究所で選んだ健康な身体を持った人です」
「私の場合は誰のものですか」
「えー、三十代の女性です」

まあ、よかろう、と深い疑念を抱くことなくH先生の言葉を受け容れた。私が幹細胞の治療を受けたのはもう少し生きてみたいと欲望を抱いたからである。つまり延命策である。たいしたことではないが、ここに疑問が生じた。

放っておけば肝機能障害が原因で六五歳で死ぬ予定だった人が、「再生医療」の治療を受けて七〇歳まで生きたとする。五年間寿命が延びたわけで、それには幹細胞の働きが重要な役目を担うことになる。

元々人の体内にある「成体幹細胞」は古くなった細胞、傷ついた細胞を新しいものに入れ換えるために分裂を繰り返している。その幹細胞をカネで買うのである。ただし、延命の保証は全くない。

家人からの質問に対してはいい加減に省いてしまったが、人間の細胞はたったひとつの「受精卵」

からでき上がっている。精子と卵子が合体してできた生命の源である。小学五年生の教科書に書かれている通りである。

この受精卵が増殖、分化が進むうちに細胞の役割が決まってくる。大まかにいうと、胎児になる部分と、その他の器官にわけられる。この胎児になる部分は胚性幹細胞といわれ、これを略して「ES細胞」という。こういう説明の仕方をしていると私がなんだか偉そうに書いているような感じを持たれるかもしれないが、学者様が書かれたものから引用するとこういう書き方になってしまうのである。

第十一章　成体幹細胞の講義であります

クリニックに行く前にもう一度幹細胞というものについておさらいをする必要があった。深いつもりでも浅いのが教養である。「生命の神」を言葉で追ってみたい。

ES細胞は全能の神

成体幹細胞と医学界で呼ばれているものは、ES細胞（胚性幹細胞）が変化したもので、ES細胞は胎児になるに従って消滅してしまう。

ともに人体を構成する細胞になるのだが、違うのはES細胞は全ての細胞になる能力を持っているが、成体幹細胞になると特定な組織の細胞にのみ分化する。造血幹細胞、神経幹細胞、胃、腸、肝臓になる幹細胞などなどである。つまり、この細胞こそが人体の様々なところにいるのである。

では人を創り、救ってくれる幹細胞とはどんなものがあるのだろうか。医学の世界では大きく分けて幹細胞は四つに分類される。「受精卵（全能性）」、「ES細胞」、「成体幹細胞」、そして再生医療の星「iPS細胞」の四つである。

ただし、「受精卵」というのは確かにどんな種類の細胞にもなれる能力のある幹細胞のことをいうが、それはいわば生命の源ともいうべきもので、たったひとつしかない。この幹細胞は受精直後から二週間だけ「全能性」を持っている。

受精卵そのものにはどんな細胞になるかという役割は決まっていない。ここから神経細胞や心臓の筋肉の細胞などと様々な役割に特化した細胞がつくられる。

一般的に馴染みがあるのは「ES細胞」であろう。「万能性」という称号が与えられている通り、身体中のあらゆる細胞に分化する能力があり、同時にほぼ無限に増殖する能力を併せ持っている。だから世界中の多くの研究機関では、国家もしくは富裕層からの寄付によって大金がつぎ込まれて研究されており、再生医療、移植医療への応用が期待されている。イギリスではiPS細胞の発見がなされた現在でも、何らかの理由で「ES細胞」の方を研究の中心に据えている。

だから何だ、患者には関係ないと思う人も多いだろうが、雑学の一種だと思って読み進めてほしい。実は私も自分にとって「ES細胞」の何たるかを知って、一体何の得になるのかと最初は思ったひとりなのである。

「ES細胞」は歴史的にも古くから研究されていて、一九八一年にはマウスの受精卵から造られた

「胚性幹細胞」が登場した。これが最初の「ＥＳ細胞」である。この時から再生医療への応用の可能性が期待され、世界中の学者が注目しだした。

だがマウスの受精卵とヒトとは違う。マウスはあくまでも実験動物化されたハツカネズミである。しかし鉄の網に全身を縛られて病原菌を持っている蚊に刺されたり、腹や背中を切り刻まれてガン細胞を植え付けられたり、目玉をほじくり出されたり、これまで数億のマウスが実験の材料にされて殺されていったことも併せて思い出してほしい。人間のためという大義名分の前には何でも許される。マウスは虫けらにもなれないミジンコ扱いで死んでいった。マウス以下の人間もいるというのに、かわいそうなことをした。

胎児になりえるＥＳ細胞

マウスの受精卵から造られた「胚性幹細胞」の発見から一七年という歳月がたった一九九八年（たった二〇年前のことである）にアメリカのＪ・トムソン博士の研究グループから「ヒトＥＳ細胞の作製に成功した」と報告が出された。今度は難病に苦しむ人だけでなく、その応用医療の可能性に医療製薬会社も含めて色めき立った。

万能性のある「ＥＳ細胞」は受精卵から造られる。

これに使われる受精卵は、不妊治療で使用されることなく、破棄される予定の受精卵があてられる。無論、提供者の同意を得て使われるのだが、これには倫理的な問題があった。これは破棄される運命にあるとはいえ受精卵である。子宮に戻せばひとりの人間になりうる受精卵を使用することで、抵抗を覚える人が多かった。

iPS細胞は受精卵を殺さない

それを克服するために発見されたのが京都大学の山中伸弥教授の「iPS細胞」なのである。今や有名となった「マウスの皮膚の細胞に四つの因子(遺伝子)を加えると、体中のどんな細胞にも変化できるiPS細胞ができた」という二〇〇六年八月の論文の発表である。

「そんな簡単にできるの。ハッタリとちゃうの」というのが当初の世界中の研究者たちの反応であったようだ。山中教授はアメリカでの最初の発表で、四つの遺伝子因子のうち、三つまでは明かしたが、残りのひとつは秘密にした。当然である。医学の世界では論文で発表してもなお、秘密を盗もうとする輩が有象無象といるのである。

だが翌二〇〇七年には、「ヒト細胞で、同様にしてiPS細胞が作製できた」と発表されると世界中の医学者たちの目の色が変わり、一気に医療応用にむけての国を挙げての競争がはじまった。それ故、陣取り合戦と同じように新しい論文が毎日、どこかの国の研究機関で発表されている。さながら手柄をたてるための戦さのようである。それは研究者のための研究であり、私には患者は置き去りにされているようにしか思えない。ただ世界的にみれば、ES細胞の研究の方がiPS細胞より先行している。

ここでブッシュ大統領が、ES細胞の研究の資金を打ち切るとした二〇〇一年には、日本ではどんな動きがあったのか調べ直すと、不良債権処理の失敗による不況と株の暴落である。母の老後預金を奪うようにして購入した未上場株が紙くずとなり、私は座敷牢に入れられたのである。いや、そういうことではない。この年、日本では文部科学省によって「特定胚の取扱いに関する指針」が作られたのであった。

だがそれはブッシュ大統領の影響を直接受けたからというわけではなく、文科省では、クローン羊が作製された一九九六年から、危惧を抱いて注意していたようなのである。イギリスのイアン・ウィルマット博士によって、あの有名なクローン羊「ドリー」が誕生したときの驚きは、一般人にとっては驚天動地の出来事であった。その技術を応用すれば、クローン人間を作製することが可能であるからだ。まさにSFの世界の出来事が現実に起こりえる状況にさしかかっていた。

それを恐れた日本では、クローン人間の作製を禁ずる「クローン技術規制法」が施行された。他の国も同じような規制法を作った。だがそれでも安心はできない。世界各地どこでも戦争が起こりうるように、抜け駆けしてクローン人間作製の技術を秘かに開発する国が現れないとは限らないからである。

ところで、ES細胞には受精卵を使うというネックがあるが、その強みは移植にある。移植用の細胞をつくる元(素)となる細胞についてはヨーロッパ、特にスエーデンでは研究が進んでおり、受精より一週間経過した「胚」から一つの細胞だけを取りだして、「胚」そのものを壊さずにES細胞を作ることのできる技術もすでに開発されている。これで倫理的な問題が片づくはずだが、それでも「卵子」から人工的にES細胞をつくることには抵抗を示す人もいるだろう。

それにしても残念なことに、これらはまだ臨床研究の範囲である。肝臓の細胞が移植できると知れば、私はゴルフバッグを担いですぐにスエーデンに行く。もう一度二六〇ヤードのドライバー飛距離が復活できるとあれば、高利貸しからの借金だって夫婦そろって踏み倒す覚悟である。

ヨーロッパ、とくにイギリスがES細胞の研究を進めるのは、長い歴史と知見があるからであるが、それはドーパミンに代表されるという。パーキンソン病という病名をきけば、そこにドーパミンが関与しているということはなんとなく分かっている人がいるはずだ。ドーパミンとは、脳の中脳部分にあって神経伝達細胞を作る神経細胞のことである。これが変性するとパーキンソン病になる。

私のゴルフの友人にもパーキンソン病にかかりふるえが止まらず、筋肉が硬くなって仕事もやめて引きこもっている人がいる。難病で根治療法がみつかっていない。

この病気をES細胞を使って治そうという試みが、現在イギリスのケンブリッジ大学で実験されている。分かりやすくいえば、中絶胎児からドーパミン細胞を取りだして脳に移植するというものだ。

いずれにしろ、この研究過程は医学者だからこそ理解しえるもので、患者は臨床試験を早く終えて、なんとか実用化してほしいと待ったなしで切望しているのだ。自分がマウスになってもいいからやってみてくれという人もいるはずだ。肝臓治療では私もそう願った。だがそれらの臨床試験に採用されるには、公官庁、病院へのコネとそれなりの御礼金が必要となると分かってズッコケた。それでも実験人間となるべく、一縷の望みを託した私は、規律を守って一時停止の白いラインの手前に停車して順番を待っているのである。

多能性って、何？

ここで主役の成体幹細胞の登場となる。これはES細胞が「万能性」といわれているのに較べて、その細胞の変化に制限があるので、どんな細胞にもなれるというわけにはいかず「多能性」と呼称されている。山中伸弥教授のiPS細胞とは人工多能性幹細胞のことだが、それと同じ「多能性」をもっているということである。

この成体幹細胞は体性幹細胞のことでもあるが、前にも書いたようにこの細胞は人間の体のあらゆる箇所に存在する。「多能性」とはこの細胞は赤血球や白血球、血小板など血液の細胞になれる「造血幹細胞」もあれば、筋骨格にある「筋芽細胞」や神経の細胞になれる「神経幹細胞」となんでもある。「筋芽細胞」では筋肉の細胞シートを使って、心臓病治療の研究も大阪大学では進んでいる。

この成体幹細胞こそが盛んに宣伝されているアンチエイジングの正体なのである。シワを伸ばす、乳房が若返る、と新たな法律（「再生医療等の安全性の確保等に関する法律」）が二〇一四年一一月から施行されたにもかかわらず、その再生医療の施設数は五〇を超えて、まだ盛んに広がっている。美容外科だけでなく、形成外科的な組織再建の施術や、スポーツ選手のための膝軟骨再生施術などにも用いられている。

万能細胞の作製に成功したと話題になった理化学研究所のＳＴＡＰ細胞も、あらゆる細胞に変化できる能力があるといわれていたが、これも幹細胞の一種で、早い話、延命治療なのである。日本ではフェイクとされてしまった小保方晴子さんの論文だが、それを元に、アメリカではＳＴＡＰ細胞同様の万能細胞の存在を確認したという情報もある。私は小保方さんはアメリカの研究所に在籍していると推察している。

これらを総じて「不老不死」の夢の万能薬と報じる旨もあるが、それは間違いである。人には寿命があり、六〇兆個の細胞もいつかは滅びる。細胞はある日が来ると自殺するようにプログラミングされているのである。二〇〇歳の元気な老人が町中を彷徨している光景はまるでゾンビの楽園である。

成体幹細胞は形成外科や膝軟骨再生施術に使われていて、ゴルフのタイガー・ウッズも受けたといわれている。ただ心臓をそっくり換える、壊死した肝臓を再生させる、という内臓の治療の実用化には早くても二〇年の歳月がかかる。六五歳だった私は八五歳まで待つことになる。しかしそれまでには必ず死んでしまうと私は賢明にも判断して、他人の幹細胞を培養し、増殖された三〇〇〇万個を一単位として最初に三単位、九〇〇〇万個の幹細胞を点滴で注入することにしたのであった。

「泡を喰った」のは治療費を請求されたときである。

第十二章　悪い奴ほど長生きできる

清くはないが貧しいのである

「二四〇万円ですか」

一単位三〇〇〇万個の幹細胞が七〇万円であることは分かっていたつもりであったが、実際に三単位分と検査費用に諸経費、それに消費税が三〇万円加算された請求書を突きつけられるとボーッとした。検査といっても採血されたあと肺活量と骨密度、それに超音波検査を受けた記憶しかない。

「検査には健康保険が適用されるのではないんですか」

「当院は自由診療ですので健康保険は使えません」

培養された幹細胞を四〇分間点滴するだけで二四〇万円である。目の中で季節はずれの蜻蛉がふらついた。

「あのう、淡路島のM氏から支払いについて何か連絡が入っていませんか」

「入っていません」
（ガクッ）
金のことなど気にするな、日本文学界の損失と明るい声でいった億万長者M氏の声が脳内で反響した。ガックリしたのは、清貧を旨とする純文学作家にはあってはならないはしたなさ故であった。私は自分の浅はかさを嘆くとともに卑しさを恥じた。

いっそ出家するか、と卑屈になっている私に「一週間以内に費用はこの銀行に振り込んでおいてください」と受付の女はつるりとした顔でいった。振込先は三井住友銀行深川支店であった。振込手数料は患者負担とあった。今度はズッコケそうになった。しかし、立ち直らなければと、当時六五歳はけなげに自らを励ました。

「銀行振り込みですか。クレジットカード払いにしたいのですが」

それなら三回払いも可能である。それにポイントがつく。しかし、爪に派手なマニキュアをした素顔が全く不明瞭な受付嬢の答えは「銀行振り込みか現金払いです」とそっけないものであった。クレジットカード払いでは受け取った方が二、三％程度のコミッションを取られるのである。まいったと思っているとき、腹の突き出た理事長が何もいわずに私の背後を通った。この人は関西人に違いないと思った。

世間の人は芥川賞作家ならば印税もガバガバと入り、預貯金も数億円とあり、年収も数千万円を超えると思っているようだが、完全な誤解である。私はみのもんた氏や吉本興業所属の作家、又吉直樹氏とは違うのである。一時期相当な金額が振り込まれたことはあるが、そんなものはとっくの昔に税金と共になくなっている。それにもうどうでもよくなってしまったが、芥川賞作品を出版した出版社は、直後に裁判所に和議申請を提出して勝手に倒産宣言をしてしまい、三七万部、分の印税が焦げ付いたばかりか、未払い分の幻の三六〇〇万円に対して税務署は税金を課してきたのである。実は出版社は今までほおかむりしていた他の著者の印税の何割かを、私の本で得た利益から支払っていたようなのだ。「Sさんの奥さんから『ギャラを払って下さい』と電話でいわれたら払うしかなかったんです」と担当のI氏は涙をためて私にそういったものであった。それはそれでよかったと思う。

あきれるのは税務署員である。この会社は倒産したので印税はもらえないといっても、印税は印税だ、いつか入金されるだろうと税務署員は陰湿な薄笑いを浮かべるのであった。正しい納税者には強い権力者となる税務署は、その未払い印税分の所得税、一八〇〇万円をすぐに払えと弱い純文学作家にいう。しかも予定納税として六〇〇万円を追加で払うように命じてきたのである。予定納税とは、もしかしたら来年も納めることになるかもしれない分の三分の一を先払いする税金である。それさえも滞納すると滞納金を加算すると脅すのであった。他に一五％の地方税もある。

結局、その後も印税は支払われることなく終わり、私は芥川賞をもらったことで、他社から前借りをして税金を納入し、無収入のうちに多大な借金をかかえることになったのである。その被害はおとなしい家人にまで及んだ。ある日家に帰ると家人がベッドに倒れ込んでいた。どうかしたか、と尋ねると、「あたし、ガンじゃないかしら」と青白い顔でいったのである。借金苦のストレスで内臓がやられたのだ。その頃税務署や市役所から、ひと月置きに四〇〇万円の支払い督促が舞い込んでいた。そういう事実が起こっていることを知人にいっても誰も信じなかった。忙しいばかりで実に暗い三年間だったのである。四年目に、私は十二指腸潰瘍になり胃の四分の三を失った。

余談になるが、最初の幹細胞治療から半年後、億万長者のM氏は体調がよくなったという私の報告を信じて、さればと神戸の本院で幹細胞治療を受けた。彼は健康であったので自分の腹を切って皮下脂肪から幹細胞を取りだし、培養して増やした幹細胞を体内に戻した。その際、理事長と交渉して「ミッチィを紹介したのだから」といって一割値引きさせたそうである。腹の外科手術の後では随分違和感があったようだ。だが、結果は空振りに終わった。

「ゼンゼン効果がない。何がアンチエイジングだ。チンポは縮んだままじゃ」と繰り言とも文句ともいえないメールが治療からさらに半年後に届いた。しかし、「どだい、下腹部に若さを取り戻してどうするつもりだったのだ」と私は思ったものであった。奥さんはM氏にはもったいないくらいの美人でプロポーションがよく、何より料理上手の思いやりに溢れた人なのである。老兵はある日そっと消え去ることを旨とすべし。やましい考えは身を滅ぼすのである。痴漢で捕まった大学教授や公務員の老後は悲惨である。でも、最後にひと言。「百億万長者よ、文豪を心配するなら金をくれ、何事も遅すぎるということはないのである、えー振込先は深川支店ではなく、M銀行新宿中央支店の……」

六〇兆個vs.九〇〇〇万個

思えば、サンフィールドクリニックでの幹細胞治療は実に簡単なものであった。院内は患者で混んでいたため、簡易ベッドが置かれただけの狭い部屋で、静脈への幹細胞の点滴を八〇〇〇万個と筋肉注射を一〇〇〇万個受けたのであるが、それも寝そべって二〇ページ程本を読んでいる内に終わった。こんな楽な処置で命が助かるのであれば、金持ちは簡単に命を買えることになるではないか、といささかやりきれない思いで処置室を出た。ソファーがふたつ置かれた待合室には、高価そうな衣裳とぎらついたイヤリングをした六十代半ばの太った女が看護士の説明を受けていた。アンチエイジングの美容目的であった。女にも長生きしそうな悪い奴がいるものである。

「今日はこれで終わりです。来月に検査をします。今日の結果を調べます」

H院長はそう言った。私の身体に幹細胞がどのような影響を及ぼしたかは、まず血小板、血糖値、それも一ヶ月の血糖の状態を示すHbA1cの数値、ヘモグロビン、インシュリン、白血球数、栄養状態が分かるアルブミンを中心にみれば分かるはずだ。

最初に来て検査を受けた二〇一三年九月一〇日の段階では、基準範囲に入っていたのは白血球だけで、あとは基準から大きくはずれていた。14から40の基準値が必要な血小板はわずか3・8で、これは肝硬変の悪化を示し、どのような手術もできないことを意味していた。

70から109が基準値の空腹時血糖値は253と高かった。これは血管年齢が七五歳以上であることを暗示していた。つまりボロボロであり、いつ心筋梗塞や脳梗塞を起こしても不思議ではない状態にあった。

それが九〇〇〇万個の幹細胞投与によってどれだけ効果があったか、ひと月後の検査で判明するというのであった。

「今日はただ点滴を受けたという感じなのですが、これでまず最初にどんな効果が出ますか」

「そうですね。早い人では数日で目がよく見えるようになるはずです。糖尿病の人で眼底出血がある人はそういいますね」

弱った細胞六〇兆個対培養された幹細胞九〇〇〇万個。これでほぼ戦力が六〇万対一になったわけである。

だが私には一週間たっても二週間たっても目が晴れるという症状は現れなかった。いつも白内障の初期のせいか白っぽく煙っていて、人の顔立ちすらはっきり見えないのである。肌色の服をつけている女性が、裸で歩いているように見えることもあって、いささかギョッとしたこともある。しかし、それはそれで愉快であった。

一ヶ月後に検査を受けた。結果は白血球が３５５０、赤血球が３８２であった。白血球はかろうじて基準範囲を上回っていたが、最低基準が４３２の赤血球は大いに下回っていた。14から40が基準値の血小板は3・8とてんで低い。七月には5あったのである。これでは指先を切っただけで出血死するのではないかと疑心暗鬼になった。東日本大震災の前には「もう肝硬変になってる」と武蔵野赤十字の医師にののしられたが、それでも9・6の数値を維持していた。これは肝硬変が悪化していることとを如実に表している。

「訃報も近い」とネットでのたまった奴もいた。肝ガンにリーチか、と私は同調した。

つまり、九〇〇〇万個の幹細胞を投与した結果は、ひと月後には何の変化もみられず、むしろ悪化している様子さえ示していたのである。厳密にいうと六〇万対〇・九の勢力では多勢に無勢すぎたということか。大河の一滴であった。

幹細胞治療は詐欺だったのか

「でもひと月ではまだ効果は分からないでしょ。お金は大丈夫だからもう一度受けてみたら」

家人はそういった。しかし、すでに二四〇万円の出費をしていることを思えば心苦しかった。三五年前のことだが、知っていた町工場の主は八五万円のお金を捻出できず、銀行に担保にしていた定期預金を根こそぎ差し押さえられて、一家離散の目に遭ったのである。

そういう悲惨な思いをするくらいなら治療などいつでもやめようと思っていた。実は次に出版される新作の目処が立っていなかったのである。執筆は遅々として進まなかった。預金がなければまるでその日暮らしである。

次に出向いたのは一一月八日である。その日は一単位、三〇〇〇万個の幹細胞を投与された。前回と同じくベッドに三〇分寝そべっているだけで点滴は終わり、殺風景な湾岸を歩いて織田裕二を思いだし、ガンダムが白い煙を吐くのを見て家に戻った。

三度目は一二月六日である。この日も一単位三〇〇〇万個の幹細胞の点滴を受けた。検査結果は白血球数が４６４０、赤血球が４２２とようやく改善の兆しをみせてきた。血小板数も４・９と上がってきた。ただ、血糖値の HbA1c が８・０と悪くなっていた。二〇一三年はそれで終わった。さらば六五歳、こんにちは私的前期高齢者というわけである。

翌年の二〇一四年一月一八日に検査を受けにクリニックに出向くと、以前に比べて人の出入りが極端に少なくなっているのに気付いた。

看護婦や受付の顔ぶれも変わっていた。それには理由があった。讀賣新聞に脂肪幹細胞治療の危険性についての記事が、スクープの形で社会面に大きく掲載されたからである。脂肪幹細胞の治療でかえって症状が悪化したという内容だった。社会へのインパクトは強かった。幹細胞投与を受けている人は、他者への輸血を禁じられた。同じ讀賣新聞のオンラインでは「怪しげな『再生医療』が一掃されることを願う」と題する記事が書かれている。

兵庫県に住む六九歳の女性が再生医療を受けた顚末である。その女性は二〇一三年一一月に脂肪幹細胞を使った再生医療を、有効性や副作用の十分な説明がないまま受け、その結果精神的に大きな苦痛を受けたとして、都内のクリニックの主治医らを相手取り、慰謝料など約六四〇万円を求める損害賠償訴訟を起こしたとあった。原因不明の全身のしびれを治す目的で受けた治療だったが、現在は全身のしびれが悪化し、歩行器なしには移動ができないと書かれていた。「自分のような被害者を二度と出さないように」との思いから提訴したという。

実をいうと、私は幹細胞治療に全幅の信頼を寄せていたわけではなく、その有効性を「奇跡の施術」として期待していたわけでもなかった。一口にいうと、淡路島の富豪M氏の熱弁にのせられたということである。高いカネを払ったのだから、それなりに効用を期待するのは分かるが、それは「絶対」ではないはずだった。

高額な治療費用がかかると説明を受けた人は、びっくりすると同時に、まさにそれは世にいう勝ち組だけが受けられる特別な治療方法だと思うだろう。その通り、敷居はとても高いのである。金はないけどおれにだって生きる権利がある、と主張しても無駄なのである。ここは平等とは無関係な自由診療の特別医療施設なのだ。

人間性など無関係であり、高額な治療費を都合つけられる者だけが、生き延びられる資格があるといっても過言ではないのである。そういうことではとても分かりやすく、かつ明朗会計なのである。これが世にいう民主主義の正体なのである。そして対局にある社会主義の国では、政党幹部だけが特別な治療を受けられる。金と地位の違いがあるだけである。

別言すれば、高額治療を受けられない貧しい人は、この女性のように治療の「被害者」になりたくても、なれる資格もチャンスも与えられていないのである。

ネットに出た新たな被害報告

ネット上には、つられたように個人ブログに再生医療を受けた恐怖を綴る体験談が出た。それによると、関西に住んでいたSさん(匿名)は、再生医療を受けるためにわざわざ渋谷にあるSクリニックに出向いた。それは「脂肪由来幹細胞を用いた再生医療」というものでまさしく私が受けている治療法であった。

二七年間難病で苦しんでいたというSさんは、Y医師から「幹細胞治療にかかる再生医療は臨床試験済みなので安全性は確実」といわれた。さらにY医師は「五〇年以上麻痺がある車椅子の患者さんがよくなっている」といってVTRを見せた。そこには三度の治療で歩けるようになった患者の姿が映っていた。そう、ここでも大宮にいたあのボランティア男が登場したのである。

Sさんはカウンセリングの結果、治療を受けることに決めた。ただSさんがB型肝炎キャリアで高齢であることから、本人の幹細胞を培養しても増殖しない可能性が高いことから、若い研究員の幹細胞培養液を使う方が効果的だと医師からいわれた。

これは私の場合と同じで、私も通常であるならば自分の下腹の贅肉から幹細胞を取りだして培養液にいれて増殖するところを、三十代の女性の培養、増殖された幹細胞を点滴で体内に受けたのである。一度目で効果がみられなかったので次から男性のものに替わった。私が六六歳になった二〇一四年(平成二六年)の一月の時点では、この男性の幹細胞を培養、増殖したものを入れることになっていた。

他人の培養液を使われることにSさんが不安を抱いたのは当然のことである。Y医師に安全性を伺うと「安全で何の問題もありません」という返事があった。その際Y医師から親切な提案があり、「関西までこちらから出張して治療しましょう」といわれた。そして看護師が関西まで同行してきて点滴治療が行われた。身体に異変が現れ始めたのは数回の治療の後だった。

そこでSさんは幹細胞治療の指導者的役割をしていたH医師に説明を求める。H医師はY医師が治療指導を受けていた方である。そのH医師はSさんの電話に対して「幹細胞治療に年齢は関係ない」と答えた。Sさんはその答えを聞いて様子をみることにした。このH医師とは私が通っていた「サンフィールドクリニック」の院長であるH医師であったのである。

その後治療から三ヶ月経つと身体に明らかな異変が現れたという。七、八年かけてようやく治りかけてきた病いが、二七年前に逆行し始め、半年後には車椅子生活を余儀なくされたというのである。その後、Sクリニックから治療費の全額返金と和解書などの連絡がきたが、お金の問題ですまされるものではないと、Sさんは憤慨している。「難病で苦しむ者を、言葉巧みな言い回しで多額の治療費を貪り続ける医師たちに天誅を！」と結んでいる。

どちらも慰謝料などの賠償額が提示されたことは書かれているが、クリニック側から最初にいくらの治療費を請求されたのか、賠償額はいくらだったのか、具体的な金額が表示されていないのが残念である。それと私には、個人ブログにしろ匿名でクリニックを告発するという行為が解せない。競合する幹細胞療法の医療院の仕掛けもありうるからである。ネットとは誹謗中傷の掃きだめでもある。

これら一連の報道やネットでの告発文は、再生医療で幹細胞投与を受けようと希望を持っていた人々の不安をかきたてたようである。

では私の場合はどうか。肝硬変をよくして青春を取り戻したい、筋力を取り戻したい、長編小説をあと二本書いておきたい、椅子に座って一時間もすればだるくなる生活から逃れたい、何より酒を飲みたい、と自分に都合のいいことだけを考えて、知人の薦めにノッテ再生医療を受けたのである。

自己的でまさしくあさましい行為である。

それに莫大な費用を投じた。

それまでにトータルで五単位、一億五〇〇〇万個の幹細胞を注入していた。費用はすでに三五〇万円プラス経費など四五〇万円を支払っていた。家人が老後のために預金していた五〇〇万円の定期預金は解約されてそのために使われていた。家人は何もいわなかったが、私はそのことをあることから知ってしまったのだ。苦しかった。

その年の暮れ、私は預金通帳に「818」の残高が記されたまま、除夜の鐘を聞いた。正月二日には甥と姪が幼子を六人連れてわが家にやって来たが、私は年玉をあげるどころか、連中がそこいらで集金してきた年玉を強奪しようかと思案した程であった。

そして、二〇一四年二月七日、ある決意を持って「サンフィールドクリニック」に出向いた私は、患者の姿がほとんどなく寒々としている院内の様子に暗澹たる思いをした。キャンセルがあいついでいたのだ。二ヶ月前とは大違いであった。

こころなしH医師も元気がなさそうであった。私は過去三回、一億五〇〇〇万個の幹細胞を点滴されたが、その結果には満足していなかった。HbA1cは8・0と治療前の7・3より悪くなっていたし、血小板も4・9と正常値の最低数の14からはまだ遥か下方にいたのである。

閑散としたクリニックの中で、少しずつ友情の芽生えを感じ始めていたH院長に、私はその日、事情があってもうこれ以上、治療は続けられないと申し出たのである。金銭的事情でとはいえず、治療の効果もまるで出ていないともいわなかった。

H院長は沈んだ表情で聞いていた。そしてこういった。

「効果が出ていないのは私の責任です。治療をもう一度だけさせて下さい。準備してありますから今日は六〇〇〇万個の幹細胞を入れられます。治療費は頂きません」

いや、それは、と呟いたが後が続かなかった。幹細胞治療は詐欺商法だという思いも確かにあった。だがそれ以上に、なんだかとても熱いものが胸に込み上げてきたからである。私も悪い奴の仲間入りをしたようだとも思っていた。

第十三章　樹状細胞ワクチンの使命

幹細胞療法は終わらない

やはりＨ院長の医師としての実直な態度は大きな代償を生んだようである。院長の好意で受けられた六〇〇〇万個の幹細胞投与からひと月半後の三月末、検査結果を聞きにサンフィールドクリニックへいった私が耳にしたのは、Ｈ医師が院長をやめるという噂話だった。私への無償の治療に加えて、新聞、その他ネットで幹細胞治療に関する悪い風評がたち、患者数がめっきり減り、院長がその責任をとらされた形となったのだろう。

看護師から聞いた話では、Ｈ院長は週に一回だけクリニックにくることになったという。そういう状況になっていたが、それから三回、幹細胞治療はやらず、検査だけを受けた私に、これまでの幹細胞投与の結果をＨ医師は丁寧に教えてくれた。

だが、その結果は思わしくなかった。基準値範囲が３５００から９７００の白血球数は、２９２０

と最初に幹細胞を投与されたときの３５５０より随分低いものだった。

白血球は副交感神経を高めるリンパ球と有害物質を食べるといわれてきた顆粒球の、ほぼふたつの種類で成り立っている。リンパ球はウイルスと闘ってくれるが、どちらも増えすぎてしまったら反対に細胞組織破壊が起きるといわれている。

しかし、ここまで白血球が少ないと、体内に入ってくるウイルスにもその他の有害物質に対しても無力である。

赤血球は体内に酸素を取り込む重要血液の主成分で、その数は３９２で基準範囲までにはまだ足りない。つまり頭がふらつくのは、脳に入る酸素が足りないのと鉄分不足のせいもあった。正直にいって、この頃から私はまっすぐに歩くことが困難になっていた。食道ガン以降、完全断酒してすでに二年近く経っていたのに、いつも酩酊している気分でふらつくのである。

一ヶ月の血糖を調べるHbA1cは7・9。基準値は4・3から6・0である。この数字だけを聞いて驚いて入院してしまう人もいる。アルブミンはかろうじて基準値最低の3・7であったが、正常範囲は4・1から5・1である。H医師は二〇一四年九月の検査結果に対していくつかのアドバイスを書き残してくれていた。軽度の栄養状態の悪さと、ヘモグロビンを摂取するため鉄分を補給することなど具体的に健康食品の名をあげてあった。実は最後の日に私はH医師と会うことができなかったのである。

免疫力活用主義の医師からみれば、H医師のアドバイスは単なる対処療法で、本質的な体力向上には役に立たないと異論がでるところだろうが、患者の私は今後もH医師の助言に従うつもりで、今日限りと決めたサンフィールドクリニックを後にした。お礼を言いたいと思っていたH院長の姿はクリニックにはなく、別の体格のいい若手の医者が院長席についていた。

結局二億一〇〇〇万個の幹細胞では、人体を構成する六〇兆個の細胞に対してはまったく太刀打ちできず、玉砕した形となった。

帰り道で、H院長が一生懸命に患者に新しい生命力を吹き込もうと工夫を重ねる行為に対して、自分はどれだけの努力をしたのだろうか、と反省した。私が頼ったのは、再生医療の脂肪幹細胞であり、ただ、他人から採取され培養されたそれを点滴で受けるだけで、元の健康体に戻れると安閑としていただけではないのか。

H医師が院長をやめた二年後の二〇一六年五月、サンフィールドクリニックは幹細胞を使った再生医療の治療計画取り下げを、厚労省の専門部会に届け出た。それは二〇一四年の「再生医療等安全性確保法」が施行されて以来初めてのことだという。

このときのことを二〇一七年四月に近藤誠氏と対談したときに話した。すると「外からきた敵に対しては、免疫の攻撃能力は優秀なんです。高橋さんの受けた幹細胞治療は他人のものを培養した幹細胞を注入したわけですから、それ自体が外敵です。体に入ったとたん、白血球に瞬殺されています」

あっさりと近藤氏はいった。四五〇万円が白い翼をはためかせて消えていったのである。「シラケ鳥飛んでいく南の空に……東だったか……えーい、どちらでもいい……」

近藤氏と別れた後、今度は豊洲ではなく神田川沿いの道を歩きながら、私は途方に暮れたことを覚えている。では、これからどうすればいいのか、と呟いていたのである。

仕事は続けるし、続けたい。出版不況と若手を登用する出版社の営業方針の逆風に遭い、与えられる舞台は激減していたが、運筆することは私の天職であり、どこか遥か遠くに存在している、おおかなものから与えられた才能でもあった。それを放棄することは命を捨てることでもあった。だから、物語は書いていく。これからは読者に感動を与えられる小説をめざして書いていこう、そして少し深く生きることを心掛けよう、殊勝にもそう考えていた。実際私ができることはそれだけしかなかった。

樹状細胞ワクチン療法との出会い

幹細胞療法をやめた翌年の六七歳の晩春のことである。胃にガンがふたつできていると宣告を受けてから丸二年がたっていた。

「ガンと闘う気などさらさらない。頑張るつもりもない。ガンのことなど忘れて手術に頼ることなく、静かに枯れていくのが私の選んださよなら人生である」

そううそぶいていた私の前に、某社で人事部のリーダーとして働いていた娘が登場した。その頃も今も評判になっている「樹状細胞ワクチン療法」を、「騙されたと思って受けてみて」と、クリニックのパンフレットを差しだして懇願してきたのである。といっても、娘もそれがどういう種類のガン治療法だか理解していたわけでない。

以前、私の友人の弟でJ大学病院のガン研のセンター長をしている人が、T大学病院で私が受けた臨床検査の結果を見て「六四歳というのはガンがどんどん成長する年齢でもある。すでに末期になっているかもしれない。なんにせよこのままほうっておくのが一番悪い。いずれ痛みが出る。その前に手術をすべき」とわざわざ知らせにきてくれたことがあった。その報告を受けたとき娘も同席していて、じっと白い顔をしていたことがあった。それでも私はずっとほったらかしにしていたのだが、そんな父の日々の様子を見た娘は母に、

「自分の身体なのに、あんなにいい加減にしていていいの」

と尋ねたそうである。母の答えは「いいの」で終わったそうで、さすがあっぱれ自称無頼派作家の妻である。だがDNAを父から引き継いだはずの娘は、意外に心配性であった。それでどこからか「樹状細胞ワクチン療法」でガンが治る、と聞き及んできて注進に及んだわけである。

「樹状細胞ワクチン療法」とは一口にいえば、ガンだけを狙って攻撃する療法である。これは免疫細胞治療の代表ともいえるもので、「樹状細胞」を用いる。

では、樹状細胞とは何かというと、こいつはたいしたやつで、外から侵入してきた細菌、ウイルスはおろか、ガン細胞までも食っちまうという触れ込みなのである。人間には免疫機構というものが備わっており、その防御機構の最初の役割を担うのが「樹状細胞」だというのである。

で、ガン細胞を食った樹状細胞は、活性化されてリンパ節に移動する。そしてリンパ組織に入った

樹状細胞は劇的に変化する。なんといってもガンを食ったやつなのだから、ガンがどんな風貌、図体をしているか分かっている。

リンパ組織にはT細胞がごろごろしている。こいつらは人間の体内に入ってきたウイルスや細菌などの異物を叩きのめす、いわば防衛隊である。

そのT細胞に「今度は体内にガン細胞が出現したぞ、こいつこそ最悪の敵だ、攻撃しろ」、と指令を出すのが樹状細胞なのである。つまり生体の防御システムを制御し、生体へ侵入する者すべてを破壊すべしと命令を出す「司令塔」となるのである。

このガンの特徴を熟知した樹状細胞を体内に注入し、ガンに特別な働きを示すリンパ球を増やす治療方法を、「樹状細胞ワクチン療法」と医学界では呼称しているのである。

これはすごいことになってきたな、といくつかの疑問を抱きつつパンフレットを読んでいたのだが、その樹状細胞の役割を発見したのが、ノーベル生理学・医学賞を受賞したロックフェラー大学教授の故ラルフ・スタイマン博士であると知ると、これは本物であるかもしれないと興味を持った。なんせ、京大の山中伸弥教授以前にノーベル賞を受賞した方となると信じないほうがおかしい。

しかし、大きな疑問があった。ここではまるでガン細胞を、ウイルスや細菌と同じ侵入者のようにペロリと扱っているが、ガンは外から襲ってきたものではない。それは正常細胞が体の中で突然変異的に変化したもので、元々は自分の体にあった細胞なのである。

本来、樹状細胞の役目は外敵退治だ。ガン細胞を細菌やウイルスと同じ外敵扱いにしていることが、疑問だった。ガン細胞も人間の体内にある細胞なのである。同胞を攻撃する細胞などいるのだろうか。

ここでもう一度私のガン対策に立ち返る必要がある。私の信念とは、そういった患者をよろめかせるガン細胞消滅療法や先進療法、再生療法やらを一切合切放逐して、「知ったことか」と斬り捨てるのが対処療法ではなかったか。すなわち、体に対して無責任この上ない「ほっとけ療法」こそが私を救う治療法なのである。

私は常々ガンと闘ったからといって克てるものではないと思っていた。もっと言えば、「オレはガンに克つ！」と闘いを挑むことは無駄なことであり、それより雲を眺めて一句ひねりだすか、町内奉仕をして余生を過ごすほうが、人の為になるとうそぶいていたのであった。

ガンに克つという頑張り精神は、なかなか勇猛果敢で男らしい響きがあるが、私はそれはストレスを生むだけだと思っている。ガンの告知を受けたときは、この際だからもう少し深く生きてみようと、謙虚に人生を見直すようにすれば爽やかな気持ちになれる。

もしガンを撲滅したという人がいれば、それは真性ガンではなく、ガンの面を被った偽物だっただけなのである。ガンと同じ顔をしているそっくりな細胞はいくらでも体内に巣くっている。どちらにしろ、私は手術をする気はなかった。

しかし、娘の熱い哀願には従わざるをえないのが、父の弱みである。その時期、私は皇帝ペンギンの子供を主人公にした長編小説に取りかかっていたが、多分それが最後になるだろうという思いがあった。だが未完のまま終わるのを恐れてもいた。

それで、観念した私は、まだ頭がふらついていたある日、家人の運転で樹状細胞ワクチン療法を専門にしている白金にある「セレンクリニック東京」に出向いたのである。その日は講習会が開かれる日だったのである。そこには一〇名程の人が来ていた。親族の代理で来ている人や、頬肉がげっそりと落ちている若い男もいた。N院長が説明した。

「免疫というのは外敵から体を守るシステムのことで、さらにガンなど異常を起こした細胞を体から排除する能力のことをいう。このシステムと能力は、誰しも生まれながらにして持っているものです」と丁寧に話しだした。このときの院長の話が、私の抱いていた樹状細胞ワクチン療法を標榜するクリニックへの印象をガラリと変えた。

免疫力を高め、それを活性化することこそ、ガンなど体の中で増殖した異常細胞を撲滅することにつながるのだ、という信条を秘かに持っていた私には、院長の説明の出だしに好感を抱いた。私の理想とする免疫力とは、薬や再生医療、高額な治療費とは全く無縁のもので、これこそが人間が本来持っている生命力なのである。

医者に頼る心境

「樹状細胞ワクチン療法の目的はただひとつ、ガンに対する攻撃力を全体的に高めようとするものである」と院長は力説した。免疫学の大家、故安保《あぼ》徹氏（新潟大学大学院医歯学総合研究所名誉教授）の主張する「白血球による自律神経の支配の法則」を把握して「免疫力を高めればガンは自然退縮する」という理論を一歩先んじて、明確にガンそのものにターゲットを絞って撃退しようというものであった。「うむ」と私は唸った。

それはとりもなおさず、分析することから、実践することへの飛躍である。そこで初めて患者は命を救われる。それは私のおおざっぱなガンに対する、理想的な治療方法と共通するところがあった。ただし、治療すればの話である。三大ガン治療方法（外科手術、抗ガン剤治療、放射線治療）はどれも体に副作用を与え、それが故にかえって寿命を縮めてしまうと私は頑なに信じている。

四つ目がｉＰＳ細胞療法である。だが人工多能性幹細胞を使ったこの治療法は、二〇〇六年の山中伸弥教授の発表以来、臨床試験で、目の細胞移植療法が成功した例があるだけで、実際にｉＰＳ細胞療法でガン患者が救われた、という事実はないのである。これは最早ＳＦの領域の話ではないが、しかし一二年経ってもまだ真性ガン患者の奇跡の生還は現れていない。

私にいわせればニューヨークのウォール街の魔物が大騒ぎしてバイオや医療機器関連の株価を吊り上げ、マスメディアがその宣伝におおたおたしているのが実体で、遺伝子を自在に組み替えて、エイズやガンを治すゲノム編集とやらは期待過多なのである。

で、現状の三大ガン治療に対しても試行錯誤と共に様々な意見がとびかっている。

病院では早期発見、早期治療がガン患者を救うとしきりにいっているが、乳ガンや甲状腺ガン、白血病などを除けば、早期発見はかえって患者の命を縮めるという根強い意見が片方ではある。それが為にストレスで精神が病んでしまったり、必要のない手術をさせられて肉体が疲弊し、新たな病いを生み出すというのである。それに手術にこだわる外科医は放射線科の医者を見下すだけでなく、自分たちの縄張りが侵食されるのを恐れて、強引に患者の体を切り刻むという説もある。

人間ドックで検査をしたために、ＰＳＡ腫瘍マーカーが通常の三倍あることが分かり、前立腺ガンだ、と告知を受けて手術された八二歳の知人がいる。さらに術後は「骨転移」だといわれて余計な治療まで強要された。そんなものは口実で、医者はただ手術がしたかっただけなのである。本来放っておけば九〇歳になるまで気付かれなかったはずだ。要するに誤診だった。抗ガン剤治療で憔悴した彼は、手術後半年ほどで亡くなった。ご隠居と私が呼んで親しくしていた彼とは長年のゴルフ友達だった。人間ドックが健康だった老人を病人に仕立て上げたのである。

それでも人間はどうしても病いにかかると医者に頼るようになる。人がぶっ倒れるのを見たら、「おい、しっかりしろ。誰か医者を呼んでくれ」と叫ぶが、医者を呼びたければ通りがかりの人に命じたりせずに自分で呼べばいいのである。それ以前に心臓発作であると判断したら、適切な処置をほどこすべきだろう。不整脈の場合は、ＡＥＤの指示に従う。それが近くになければ心臓マッサージをする。

倒れた人が胸の痛みや圧迫感を訴えれば狭心症であり、心筋梗塞の前段階だから、それは一時的なものだ。酸素不足からおきたものだと理解すれば馬鹿騒ぎをせずにすむ。若い女性だったらそばについてそっと唇を合わせて息を吹き込むのもよい。倒れたのが偏屈者の意地汚い爺だったらうっちゃっておいてもよい（なるほど）。

ともあれ落ちついて病院に運んでやり、心筋梗塞になる前に適正な処置を頼めばよいのである。医者に頼るときというのは、深酒をしたり無理してランニングをしたりして、突発的な発作に襲われて気を失ったときのことで、そうなってみて初めておろおろして医者に頼めばいいのである。ガンごときで大騒ぎすることはない。

話が脱線した。

究極のガン仕掛け人の報酬

セレンクリニックのN院長は、樹状細胞ワクチン療法のしくみを講習会でさらに詳しく説明した。それで分かったことは、「自己がん組織樹状細胞ワクチン療法」と「人工抗原樹状細胞ワクチン療法」とは、同じ樹状細胞ワクチン療法でもやり方も、場合によっては効果も異なるということである。

だがそういわれても、樹状細胞から樹状細胞「ワクチン」が造られる過程がすんなりと理解できるものではない。細胞とワクチンは全く別物なのである。院長が退場すると、別の若い医師が出てきて質疑応答が始まった。

「樹状細胞そのものがガンを攻撃するわけではありません。ガンを攻撃するのはリンパ球です。これはT細胞ともTリンパ球ともいわれているものです。樹状細胞はこのTリンパ球にガンの目印となるガン組織を教える役目をします」

「ガンの目印とは何ですか?」

初心者に立ち返って、私は別の若い医師に聞いた。

「ガン細胞にある抗原のことです。細胞膜にある目印と覚えておくとよいでしょう」

抗原とは何だ?

「抗原という意味が分からないのですが」

「ですから、ガンの目印のことを抗原というのです」

「抗原?　それがガンの目印?」

だったら最初からガンの目印と言いなさい。

「はい。この抗原をWT1ペプチドというタンパク質を使って、人工的に作ったものが人工抗原です。樹状細胞がこの目印を発見して、Tリンパ球にガンを殺すように命じるわけです」

「はあ」

と講習会に来ている方たちは解説書に目を落としながら頷いている。だが、「人工抗原」と聞かされても、それが「ガンの目印」であるかもしれないが、「自己ガン組織」とどう違うのかは、素人がすぐに理解できるものでもない。そもそも講習会に来ているお年寄りの中には、「樹状細胞」という言葉さえ初めて聞かされた人もいるのである。

私も一応は勉強してきたつもりであったが、頭の中がなかなか整理がつかない。それで自分なりに治療を順番にまとめてみた。

一。治療はまず、患者の体から単球の細胞を取り出すことから始められる。それを培養器にかけて樹状細胞に育てる。

二。その樹状細胞に、人工抗原を与えて、これがガンの目印だよ、と教え込む。

三。教えられた樹状細胞は、点滴で体の中に注入されると、今度は攻撃力を備えたTリンパ球に、「ガンとはこういう目印を持っている」と伝え、ガンを攻撃するように指令を出す。

四。そしてTリンパ球は、体の中にあるガン細胞のみを狙って攻撃をする。

ということになる。

なんだかTリンパ球とは心強い存在で、そう聞くとガン細胞なんか簡単に退治してくれそうな気になってくる。このTリンパ球は長い間体の中にいて、パトロールしながらガン細胞を探している。そこでガン細胞を見つけるとただちに攻撃を加える、という頼もしいやつなのである。

その治療を樹状細胞ワクチン療法と呼んでいるのである。すごいやつがやってきた感じでワクワクしてきた。青い顔をしていた老人もほてった顔で若い先生を見つめていた。

問題なのは、そのガン撃退に必要な費用はどれくらいかということであった。つまりガンを殺す、究極の仕掛け人に払う報酬が、いくらかかるかということである。

「人工抗原樹状細胞ワクチン療法の場合、ワンセットでおよそ一七八万円。自己がん組織樹状細胞ワクチン療法の場合はおよそ一九四万円」

である。やはり仕掛け人を雇うには大金がかかるのだな、と私は溜息をつきながら、家人と共に粛々と講習会の会場を後にした。高額な医療費だけでなく、さんざんたのもしい講習を受けた後は、それとは反対に、私なりに失望することがあったのである。

春の一夜の夢

家に戻ると娘が氷見子と一緒に待っていた。職場近くに部屋を借りていた娘は、結果を聞くためにわざわざ遠くからやってきたのである。その娘に、これは無理だなと私はいった。どうして？　と聞いてくる娘に詳細を省いて治療の核心部分だけを話した。

「ガンを造り出す本体を抹殺しない限り、ワンセット攻撃が一〇セットになっても終わりにはならない。雑魚をいくら殺しても無駄だ」

「えっ？　一回で終わるんじゃないの？」

「じゃないのだよ。ガンの巣を焼き払わない限り寛解はない」

「ガンを造り出す本体って何？」

「分からない。誰にもガン製造工場の場所など分かるわけがない。だから怪しげな再生医療がはびこる」

「でも手術でガンを取って全快した人もいるでしょ」

「そういうことになっているが、それは本体ではなく、出張所を焼いたに過ぎない。それにガンを取って治ったといっても良性のガンの場合だ。良性ガンとは吹き出物と同じでほうっておいても治る。反対に悪性の腫瘍の場合は手術前にすでに転移している。だから見つかったガンを切除しても手遅れだ。それに手術後の抗ガン剤服用はもっと酷いことになる。早い話、真性ガンに対してはジタバタしても無駄だ。数年後には確実に死ぬ」

「じゃあ、樹状細胞ワクチン療法をやっても、悪性のガンだったら無駄ってこと?」

「そういうことだ。億万長者は藁をもすがる、五月の鯉の吹き流し。札束は風と共に抜け散っていくのだ」

「だけど、パパが言ったガンを造り出す本体を、その樹状細胞ワクチンで抹殺すれば悪性のガンも殺せるんじゃないの?」

「そのガンを製造する本体の位置が不明なのだ。UFOでいう宇宙母艦にたとえるなら、そこから小さな円盤が無数に飛び出してきて地球を攻撃する。それを地球軍はせっせと撃ち落としているが、宇宙母艦では無数の円盤が製造される。だからいくらミジンコみたいな円盤を撃ち落としても尽きることがない。しかも本体を攻撃しようにも、どこにあるか不明なのでは永遠に解決できない」

ガン細胞一個の大きさは0・01ミリしかない。本物のガンが一センチに成長するまで一五〇ヶ月かかるといわれている。実に一三年近くほうっておいて、ようやくガンが発見されるほどの大きさになるのである。

通常、「あんたはガンだあ」と医者が脅かしがてら告知するのは、ガン細胞が一センチの大きさになってからで、それは一〇億個のガン細胞になる。もしそれが真性ガンであれば、発見されたときは、すでに他の臓器に転移しているはずだ。転移は死を意味する。

その後、何もしなくてもほとんどの人は痛みを感じることもなく、三、四年は生きていられるというのが医学界の定説である。何が悲しゅうて苦しい手術をしなくてはならないのか。医者を金持ちにするためである。

「今日の講習会で分かったことは、樹状細胞ワクチン療法とは、ちっぽけな個々のガン細胞を攻撃するということだけだった。それも何十億個とあるガン細胞を一発ずつ撃ち殺していく。終わりなき闘いだ」

「でもテレビの医学番組で、樹状細胞ワクチンが、ガン細胞を包んで殺してしまう映像を見たことがあるわ」

「それは人体の内部を写したものではなく、実験容器の中での映像だよ」

それでも人々は一日でも延命したくて、様々な科学療法や免疫療法に頼るのである。作家としてはそのあたりをもう少し知る必要があった。それで翌週再びクリニックから個人診療を受けますかと連絡を受けると、まず、個人面談をしようと、そそくさと出掛けたのである。実は「ほっとけ療法」がさすがにほうっておけないほど、体調が悪化しているのが分かってきたからである。それはガンとは無関係な肝機能障害のせいであるのは察しがついていたが、樹状細胞ワクチン療法からも、救いが見いだせるかもしれないと淡い期待を抱いたせいもある。

第十四章　立ちはだかる肝硬変

クリニックで思い出したこと

もう一度おさらいをしてみる。ガンを実際に攻撃するのは白血球の中の「リンパ球」である。リンパ球は骨髄から作られる。それがナイーブT細胞といわれるものになってリンパ節に溜まる。リンパ節とはいわば小学校みたいなところで、まだ色に染まっていない子供たちを教育するところだと私は理解している。

その小学校に体のそこかしこからナイーブT細胞とよばれているものが集められる。白血球の単球のことだ。

リンパ節という小学校は培養器の役目をする。そこでT細胞は爆発的に増える。その育ったT細胞に、ガンの目印を教え込むのが、樹状細胞である。そして兵士となったT細胞にガン細胞を攻撃せよと命令を下す。

直接闘うのはあくまでも白血球のリンパ球なのである。

「リンパ球」には外部からの侵入者を監視、攻撃する性質があるが、体の内部に巣くっている異質な細胞をも攻撃する能力があるとされている。これは免疫細胞とも呼ばれる。

ここで最初の疑問に立ち返る。細胞が同じＤＮＡを持つ、自分の中の細胞を殺すことなどできるのだろうか、という素朴だが体のしくみへの根源をなす疑問である。

それに一個一個ガン細胞を殺していっては、リンパ球の働きは際限なく続くことになる。本体を木っ端微塵にしてこその攻撃なのである。そこで私は娘と話しているときに抱いた疑問を面談した医師にぶつけてみた。

「樹状細胞ワクチン療法が、ガン細胞を攻撃するというしくみは分かりましたが、ガン細胞を作り出す元となる母艦を爆破することはできるのですか。たとえていうとすずめ蜂の巣の中の女王蜂のような存在ですが」

すると苦笑を交えて医師は答えた。

「いえ、それはまだできません」

「ではそのガン細胞を作り出す本体が、どこに潜んでいるか分かるのですか」

「いや、それは本体というより、個々の細胞が変異によってガン化するわけですから、本体というものはないんです」

「本体は分からなくても、今正常細胞がガン化しましたという合図はあるのですか」

「ありません」

「そうですか。悪性の腫瘍は転移して患者を殺してしまいますよね。前の講習では、転移してしまったガンにも樹状細胞ワクチンは有効だとお聞きしましたが、そうなのですね」

「はい。リンパ球は全身を巡って常にガン細胞を攻撃します。たとえガンが転移しても狙い撃ちすることはできます」

若い医者は自信を持ってそう答えた。そう聞くとやはりガンなんてなんてことはないという気分になる。ガンで死んでいく人なんていないように思われてしまうのだ。

しかし、現実には人はガンの宣告を受けて亡くなってしまう。七五歳以上の三分の一から半分はガンを持っている。その人たちが樹状細胞ワクチン療法でみんな助かるとはどうしても思えない。不老不死の妙薬など、絶対にない。「ある」という奴は詐欺師である。

二一歳の若さで十数回ガン手術を受けたという女性がテレビで取り上げられていたが、もし、少しでも延命効果があるというのなら、この人にこそ樹状細胞ワクチン療法が必要なのではないか。医療に携わる人なら、そういう若い人にこそ救いの手を差し伸べるべきではなかったのか。

進行性の真性ガンであった彼女は、二〇一八年三月二一日に二五歳の若さで亡くなった。カメラで映し出された手術の傷跡が痛ましかった。手術さえ受けることがなければ、苦しまず、傷跡のないきれいな体のままでいられたのに。高慢な医師の診断と処置が、全てを正当化させたのである。

セレンクリニックでは、若い医師から個人面談を受ける間も、私はずっと居心地の悪い思いをしていた。何度もいうが、その原因は「お金で命が買えてしまうのか」ということであり、自由診療を受けるだけの資金力がない人は、治療法が分かっていながら、貧しいために診療を受けることができずにあきらめるしかない、という現実を前にしているからだった。

ここで明確にしたいのは、私は日本の医療問題を糾弾する正義の人でも、人徳家でもないということである。たとえていうと、テレビでしきりに流されているユニセフ募金に協力して善意の人になる気などさらさらなかった。ボランティアを吹聴する大物幹部が、財務官僚の天下りシステムを構築した人物であるのを知ってから、私なりに嫌悪感を抱いていた。タイに旅行したときユニセフの人間がグリーン車の個室寝台車で移動しているのを目の当たりにしたこともある。元々、寄付をすることも、公的援助を受けることも私はあまり好きではない。

公共機関からの援助に関してはこんな思い出がある。小学二年生のとき、杉並区から運動会の前に運動靴の配給を受けることになった。希望したのはクラスで私ひとりだけだった。運動靴の底のゴムが擦り切れていたのだ。私は母が縫ってくれた運動パンツを穿き、支給された運動靴を履いて運動会に出た。そんな私をわざわざ呼び止めた主婦がいた。女は、みちつなちゃん、それ配給の運動靴でしょ、とわざわざ大声で聞いてきた。そうです、と私が答えると女は周囲にいた主婦に、ほら、言ったでしょ、あの家はねえ、と私の家庭をあげつらうようなことを言い出した。大学出を自慢するいやな女だった。その女ばかりではなく、周囲には見栄っ張りの偽善者ばかりの主婦で溢れていた。

援助というほどではないが、今の私は盲目の孤児を預かっているある養護施設と、殺処分間近の捨て犬を救う団体に、毎月少額だけ送金している。それは家人も知らないことだ。

そういった個人的な思いはこの際忘れることにしよう。なぜだか、クリニックの面談室で樹状細胞ワクチン療法を蕩々と喋る医師の話を聞いているうちに、連想的に、生きることに必死な若い女性ガン患者を救うことに、医療界を始めとした援助団体は、何をためらうことがあるのかと考えていたのである。

顔を上げると、壁にかけられた樹状細胞ワクチン療法のしくみを描いた図が目に入った。その図に視線をあてながら、私は自分が樹状細胞という樹海の中で迷子になっているような心細さを覚えていた。ワクチン療法さえ受けようと思わなければ、こんな迷路に入り込むことはなかったのにと、内心忸怩《じくじ》たる思いでいたのである。

美人看護婦の助言

面談した医師は私が持参したT大病院から出された検査報告書を見ながら、私に樹状細胞ワクチン療法が適しているか、また患者として受けられるだけの条件を備えているかを検討していた。

糖尿病、肝硬変、胃ガンと三つの病気を持っている私には受診資格にまず問題があった。通常であれば次は肝ガンへと移行するのが手順である。

ともあれ当時の私は白血球が最低基準値の3500より少ない2700であり、血糖値は空腹時

235と異常に高かった。HbA1cも9・2と高い。何より血小板が少なすぎた。基準値の最低が14万のところ、私の数値は4・8だったのである。

この血小板の少ないことを面談に当たった医師は最初から気にしていたが、それがどういう理由なのか私には理解できなかった。血小板は骨髄から作られる。これは白血球が骨髄から作られることと同じだが、その数の少ないことが樹状細胞ワクチン療法とどう関係してくるのか、医師の漠然とした説明だけでは釈然としなかった。

もしかしたら血小板が少ないが故に、手術で体から樹状細胞を取り出すのにかなり無理があるのかもしれないと思ってみた。血小板の役目は止血作用であるが、しかしその程度の手術で体が危険なほど出血が止まらなくなるのか疑問だった。

では自分の細胞ではなく、人工抗原のペプチドワクチンを使用しての、樹状細胞ワクチン療法だったら大丈夫なのかと聞いたが、医師の返答の意味が理解できなかった。

一般人には分からない医療用語を交えた説明を受けたため、なんだか煙に巻かれたような印象が残ったせいである。私としては、自分の細胞を使わず、代わりに人工抗原ワクチンを注入してもらうだけで、本当にそいつらがリンパ球を動かして、勝手にガンを撲滅してくれるのかと聞いただけなのである。

結局、そういったことを踏まえた上で、もう一度検査をしようということになった。その結果で樹状細胞ワクチン療法をするかどうか、決めるのである。医師は割合上機嫌で面談室を出ていった。

私と家人はなんとも割り切れない気持ちで立ち上がった。何の検査なのかがまるで要領を得なかったのである。それに、検査の結果にかかわらず、医師は樹状細胞ワクチン療法をするつもりになっているのが感じられた。

医師が出ていくのと入れ違いに、少し年嵩の美しい女性が「ちょっとよろしいですか」と声をかけてきた。私たちは再び同じ場所に座って看護婦の話を聞く体勢をとった。

「先生は検査を受けてみてから判断するといわれていますが、私は疑問があります。といいますのは、血小板が8万以下では、樹状細胞ワクチン療法の効果はほとんど期待できないからです」

そのあと看護婦さんは樹状細胞ワクチン療法と、血小板の関連を説明していたが、ボンヤリ聞いていた私にはその意味するところが分からずにいた。だがひとつだけはっきりしていることがあった。

「すると、私にはこちらでやっている樹状細胞ワクチン療法を受ける資格がないということですか」

「資格がないということではなく、治療の効果がないと思われるのです。費用も一回一九四万円と高額ですし、検査費用だけでも一〇万円はかかると思います。それだけの費用を支払うとなれば、患者さんが期待を抱かれるのはもっともだと思うのですが、今の高橋さんの状態ではガンの免疫治療の効果は出にくいと思われます」

NHKの医療番組でも報道された、久留米大学病院で行われているペプチドワクチン療法は、正式には「自己腫瘍・組織を用いた活性化自己リンパ球移入療法」といわれていて、他にも五つの病院で施行されている。「樹状細胞および腫瘍抗原ペプチドを用いたがんワクチン療法」は東京女子医科大

学病院など六つの病院で行われている。（ほとんどの病院はその後受け入れを止めているようだ）

この療法はペプチドワクチン療法でも、患者の受け入れにはかなり慎重で、ガンの他に難病をかかえている患者に対しては、ワクチン療法の効果が疑問視されることから、さらに治療には慎重になっているという。ただ久留米大学病院には電話で問い合わせたが、個々の質問には答えてもらえず、ホームページに書かれていたことから私が判断したものだ。いわゆる患者としての資格が得られず門前払いの場合もあるということである。

セレンクリニック東京でもそうなのかと落胆したが、しかし彼女は看護婦であって医師ではない。ここでの治療は無駄だと、そこまではっきりと申し渡してもいいものなのだろうか。

「先程のお医者さんは検査を受けてからといわれていましたが、どうなんです？」

「はい。先生の立場ではクリニックの方針もありますし、そう申し上げるのでしょうが、私は賛成しかねます。これだけ血小板数が少ないということは肝機能障害ですね、あるいは肝硬変になられている。血小板が少ないのは肝臓の血流が悪いからで、細胞に大いに影響してきます。ガン以前の問題ではないかと思うのです」

「では私にはもう治療法は残されていないということですか。ガン治療は無駄だと」

「そういうことは私の口からは申し上げられません。ただ樹状細胞ワクチン療法は、キラーT細胞と呼ばれるリンパ球がガン細胞を攻撃することに効果を求めていますが、脊髄でつくられる血液をきれいにするものではないのです。キラーT細胞というのはヘルパーT細胞から刺激を受けたT細胞が変身したものです」

「強力なガンの殺し屋になったということですね」

「はい。キラーT細胞は細胞傷害性T細胞といわれているものです。樹状細胞によってガンの目印を教えられてガン細胞だけを標的にします。血小板の少ない方には、このキラーT細胞が働きにくいのです。今までの患者さんがそうでした。私からいえることはそれだけですが、高橋さんご自身でもう一度よくお考えの上で、こちらでの治療をお受けになるかお決めなさって下さい」

そういうことかと思って私は立ち上がった。彼女の言い分は、肝硬変で血小板数が常人の三分の一程度しかない私には「樹状細胞ワクチン療法」は何の効果もなく、気休めだけにしかならないということなのである。「お金持ちの道楽気分であればいいのですが」、とはいってはいなかったが、要するに、お金が余っていて使い道に困っている老人ならかまいませんよ、といっているのである。

親切で善意に溢れた看護婦さんなのである。クリニックは慈善団体ではなく利益を求める医療機関である。だから自由診療として高額な医療費を取っている。だが彼女は無駄な出費、虚しい希望を患者に抱かせることに疑問を感じていたのだろう、クリニックの意向に反してあえて患者になりえる者を断ったことになる。そのことがばれれば後で理事長から大目玉をくらうかもしれないのである。私は危険を冒してまで申し出てくれた、彼女の進言に従うことにした。

だが、家人が運転する帰りの車の中では、目の前に黒いカーテンが下ろされたような哀切感が漂った。ガンに対して一切の化学療法をやらず、自然体のままに免疫力、精神療法で長持ちさせると広言していた私でも、なんだかもうあなたには救われる道はないのよと言われた気分がしたのである。

結局、私は「樹状細胞ワクチン療法」を受けることはなかった。

「樹状細胞ワクチン療法」は、ガンに効果的に働くからクリニックに患者が集まってくるのであろうが、ガンが消えたという患者の発言は勘違いから出てきたものだろうと思う。寛解したとすればそれはガンのツラをした偽物のガン、おできとかポリープだったはずだ。

勘違いであったとしても、治療を受けた人が五年経ってもまだ普通に生きていれば、二〇〇万円も惜しくはあるまい。反対に末期ガンで治療の効果がなく、数ヶ月後に亡くなった人もいるだろう。だがそういった内部の情報が正確に公表されているかどうか不明だ。治療後に亡くなった患者の家族がクリニックに連絡してくることはあまりないはずだし、樹状細胞ワクチン療法で、転移した真性ガンが消えたという報告は聞いたことがないのである。樹状細胞ワクチン療法に限らず、免疫細胞療法で、そういう否定的な情報をどう処理しているか私には疑問であるのだ。

このことに関して近藤誠医師は、その延命率が高く公表されるのはトリックではないかと言っている。その発言の詳細は省くが、近藤医師によると、免疫療法は特殊なものでそのクリニックの隆盛ぶりは日本だけの現象であるという。

ともあれ樹状細胞ワクチン療法を止めると決めた私の気持ちは、翌日にはすがすがしいものになっていた。ワンセット料金が高額で、いつ終わるともしれない上に効果が曖昧なのである。ただ、セレンクリニック東京には素晴らしい看護婦さんがいたということは事実だった。

ひとつつけ加えると、翌日になると家人は何事もなかった様子で一汁十菜の和食を朝の膳に並べてくれた。愛犬「氷見子」が傍らにちょこんと座って、私が食べるのをけなげに瞳を潤ませて見ていた。どうやら私は、胃にふたつのガンがあることなどすっかり忘れてしまっていたようなのである。ガンにとっては最も脅迫しがいのない相手として、私は存在していたのである。暖簾に腕押しとは、このことを指すのであったのだろう。

第十五章　免疫細胞は不滅

免疫細胞療法あれこれ

再生療法をうたう医療機関は日本中にゴマンとある。それは民間の怪しげな療法も含めてのことだが、厚生労働省に認可された医療機関だけでも五〇を超える。その中でも国立の大学病院、市立病院が多くを占めている。しかも免疫細胞療法を標榜する医療機関がマスメディアに取り上げられることが多くなり、当然通常の医療方法では助からないと見離された患者が救いを求めて訪ねていく。

一口に免疫細胞治療といっても各病院によって治療方法も違えば化学療法（抗ガン剤治療）と併用して治そうと試みるところもある。その中でガンを標的にした治療をいくつかあげてみよう。

ガン細胞の増殖に関わる分子を狙い撃ちする「分子標的治療」。

NK細胞というナチュラル・キラー細胞を活性化して増殖させる「高活性化NK細胞療法」。これは割合盛んのようだが、増殖させるための培養が難しいらしく、その分、治療費が割高になる。

私が講義を受けた、特定のガン細胞を攻撃するT細胞を活性化させた「樹状細胞ワクチン療法」。同じくT細胞を刺激し、活性化させる「アルファ・ベータT細胞療法」。もしくは「活性化リンパ球療法」、それに「ガンマ・デルタT細胞療法」。

ガン抑制遺伝子を使った「ガン遺伝子治療」と「NK療法」を組み合わせたハイパーガン遺伝子NK療法。それぞれ六回の治療費で約三〇〇万円ということである。

ざっと調べたところ、どの療法でもワンクールの治療費は一二〇万円から三〇〇万円である。一〇クールやる人はその一〇倍になる。日本には一〇億円以上の資産を持った人が一万人はいるから、そういう人たちにとっては、その治療で安心の時を持てるのなら安いものだろう。それはいっときのストレス解放にもなる。ストレスがなくなればガン細胞も消滅する。それを治療の効果だと勘違いする人もいることだろう。しかし、結果がよければそれでいいのである。

脳腫瘍では悪性グリオーマの治療が難問で、これは悪性脳腫瘍組織だけを摘出することが至難の技とされている。そこで名古屋大学医学部附属病院では樹状細胞ワクチン療法を取り入れている。

脳の下から鎖骨までを「頭頸部」というが、そこにできた頭頸部ガンを治療するため「粘膜メラノーマ」と呼ばれる悪性黒色腫を、患者の血液から採取したリンパ球を培養して注入する治療法もある。これも先進医療の免疫細胞療法とされ、分かりやすくいうと、自分のリンパ球を活性化したものを注入してガンを攻撃するものである。千葉大学病院で研究されている。

福島県立医科大学附属病院で、肺ガン患者を対象に行われているのも、樹状細胞ワクチン療法である。手術不能の進行ガン患者に対して行われている先進医療および臨床試験でもある。ここではMUCIといわれるペプチドを用いているというが、私にはそれと「WT1ペプチド」ワクチンとの違いがよく分からない。ここでは化学療法と併用して治療が行われている。福島県立医科大学に限らず、肺ガン治療に関しては、免疫細胞との併用治療を標榜するところが多い。

樹状細胞治療をうたう病院は現在でも多く存在する。そのほとんどが活性化させたリンパ球をガン攻撃の柱にしている。名前の付け方や手術の進め方に若干の違いはあるようだが、素人が聞いただけではその相違が明確ではない。なんとなく商売上手の医学博士の説明を受けているだけの感じなのである。ラジオ波と免疫細胞を組み合わせて再発防止をうたっている大学病院もある。

免疫細胞療法をうたう博士に鉄拳

患者は迷うものである。だがひとつはっきりしていることは、明確に「真性ガン」が消滅したという結果が証明されない限り、日本国中の大学病院がやっきになって患者を募って治療しようとしている「免疫細胞治療」が、ガンに効くとはいえないということである。

たとえガンが小さくなっても、それは一時的に小さくなったのであって、ガン幹細胞が消滅したことにはならない。免疫細胞治療後五年間を、毎年数百万円を投じて投与を受けた人と、何もしなかった患者の寿命を、統計でみればはっきりしている。ゼンゼン変わらないのである。

「ガン転移」がはっきりした真性ガン患者の場合、たとえどんな名医が手術して成功だといわれても、何もしないでノホホンとそれまで通りの生活を送っていた人も、死ぬ時期は同じだということだ。成功したと浮かれているのは病院側と製薬会社ばかりで、やがて手術後のおきまりの抗ガン剤を投与されて副作用に苦しみながら亡くなっていく。

通常は、医薬品で副作用被害に遭った場合、医薬品副作用被害救済制度により補償金が出る。だが抗ガン剤にはほとんど出ない。そのココロは、どの抗ガン剤にも毒薬の表示が小さく書かれており、使用すれば死亡する予測が成り立つからである。

結局、患者と家族はいっときの期待と喜びのあと、副作用の反乱を受け、補償金の救済もないまま、落胆と絶望を味わって、残りの数年間を過ごすことになる。

ひどいものである。そのことを確かめたくて、免疫細胞治療を行っている病院がどれだけ自信満々か調べてみたのが、先に示した免疫細胞療法機関である。その中には寛解治療を行ったと発表している病院もあった。

だが、つきつめて調べてみると、その実体はどの大学病院でも現在は「研究開発中」であり、中には化学療法との併用が効果的だといって、抗ガン剤の服用を認めるところもある。その結果は、どこもおしなべて「よい結果が期待されている」という結論に終わるのである。つまり研究している当事者が「期待する」状態なのである。

それでいて高額な治療費を要求するのは正しい病院のあり方ではない。臨床試験の段階であれば、実験台にのぼる患者に対しては、治療費を請求しないのは勿論のことだが、まだ試行錯誤の段階で患者に樹状細胞治療を施すのなら、それは実験と同等であり、それも治療費は無料にするべきではないだろうか。

それは無理だと屁理屈を言う前に恥を知れ、と免疫細胞治療の本に名前を連ねる名誉教授や病院長に鉄拳を下したい。

だが、どの研究者も学者も最後には「免疫の機構は複雑でまだ解明されていないことが多くある。これからも新たなアプローチで情熱を注いでいきたい」という言葉を残して、白い巨塔から愛人の待つ別宅方面に去って行く。そして情熱を注ぐと宣言して、何年も、実に何年もたっているのである。

免疫細胞療法は失敗する

近藤誠医師は免疫細胞療法は失敗する運命にある、と言い続けている。

私はこの方が慶應大学病院で放射線医をしていた頃に発表した『患者よ、ガンと闘うな』(文春文庫)を読んで以来の信奉者だった。私が漠然と思っていたことを正しい論法で導いてくれた方でもある。私は医学に関しては素人だが、近藤誠医師はプロフェッショナルだ。ガンに対する処方が同じ方向にあるのなら、大いに近藤理論の受け売りをしようと思う。

そのひとつに、数十冊に及ぶ著書の中で近藤氏が繰り返す、初期ガンで発見されたものは九五%がガンのツラをした偽物である、という理論がある。それを近藤氏は「癌もどき」と呼んで笑っている。ほうっておいても消えていくものだからである。それを見つけて鬼の首を取ったように騒いでいる医者をあきれているのである。当然、ガン手術をしようと意気込んでいる外科医からは敵とみなされる。また、近藤氏は集団検診の弊害を早くから指摘していた。その例として信州の泰阜《やすおか》村が集団検診をやめたら、村民の胃ガン死亡率が六％から二・二％に激減したと発表している。検診を受けると不要な治療をされた上、その後遺症、抗ガン剤の副作用、ストレスなどでいたずらに早死にした人がいると考えられるという。正論である。

もうひとり医学界から「正気の沙汰ではない」、と異端者扱いを受けていたのが免疫革命を唱えた故安保徹氏である。安保氏の免疫論はもうひとつの私のバイブルでもあるので、このあとガッツリ説明したい。実は近藤誠医師と安保徹氏はいいライバル関係にあったのである。

「樹状細胞ワクチン療法や免疫療法はガンには通用しない。失敗する運命にある」とする近藤氏は、「がん細胞は、正常細胞と同じ遺伝子セットを持っているので、タンパクもペプチドも正常細胞と共通しています。したがって、兵隊リンパ球が体内に無数存在しても、がん細胞を『非自己』とは認識できず、ひいては攻撃もできない。他方で免疫細胞療法はどのようにしても、『自己』を攻撃するような新しい種類の兵隊リンパ球を生み出すことができない」（『がん治療で殺されない七つの秘訣』文春新書）

分かりやすくいうと、ガン細胞も正常細胞から出たものであり、その遺伝子は同じだということだ。これはちょっと驚かされる発言である。ガン細胞と正常細胞とは敵対するもので、一方は主人を殺し、一方は主人の生命を守る血液や臓器となっているのであるが、このふたつは共通しているタンパクを持っているというのだ。つまりは兄弟、もしくは互いに互いをコピーした同じものということになる。

成長した人間になると根性がひん曲がったり欲望が脹れあがって人間性を歪めたりして兄弟殺しも起こりえるが、それが細胞同士では敵だとみなすことはできず、たとえ殺し屋のT細胞でもガン化してしまった細胞を攻撃はできない、ということなのだ。

「なるほど」である。

人間の体に免疫というものがなければ人類は最初から存在しない。生まれたとたん、細菌やウイルスにやられ放題になるからである。免疫がそうさせないように外敵であるウイルスを殺してくれる。「ところが免疫系は強力なので、もし自身の細胞に攻撃を仕掛けたら、人は滅びてしまいます」(前出)とも書いておられる。そして近藤氏は「ガンが直径一センチという大きさになってようやく発見されるのは、免疫細胞のナチュラル・キラー細胞が、ガン細胞を『非自己』として見分けられなかった」証拠だというのである。

つまり免疫細胞療法では、ガン細胞の目印を見つけてガン細胞を殺したとしているが、それなら何故、自分の命を奪うまでに大きくなったガン細胞を見過ごしてしまったのか、ということなのである。

近藤氏は免疫細胞療法とは別に、抗ガン剤治療にも異義を唱えている。「効かない」というのである。白血病など一部の病気には抗ガン剤治療の効果を認めているが、ほとんどの臓器ガンには「無効であるばかりか、患者を苦しめ、その尊い命を縮めている」とまで言い切っているのである。

この発言にカチンときたガン研の偉い人から「あんたの言っている『抗ガン剤は効かない』という

のは嘘だ」、と言われて近藤氏は対談をすることになったのだが、直前になって相手が断ってきたという。どうやら相手の偉い教授は近藤誠医師のことをよく知らず、単なるタレント医師だと思ったようだ。書かれた論文を読んで驚いてドタキャンしてきたのだろう。その後もこの偉い教授との対談は実現していない。

同じように、近藤理論と逆の立場にある再生医療、免疫細胞医療の医師は、正面きって異義を唱えるべきだろう。それが医療に志を抱いた医師の正義であり、沽券というものではないのだろうか。完全無視して金儲けにいそしんでいては、金権医療団とののしられても仕方あるまい。

それでも医者は手術を奨めてくる

愛犬氷見子を連れて高尾山を望む陸橋に佇みながら、私は夕風の中でふと、あと何年こうしていられるのだろうと考えることがある。そういう中にあっても、何故かガンのことは頭に浮かんだことはなかった。

ほとんどのガン患者は、転移する真性ガンに対してどのような治療をやろうが無駄で、時期がくれば人の体はガンに占領されて命が尽きる、ということは分かっている。

それでも手術を受けてしまうのは延命のためだけなのだろうか。一般の人は知るはずもないが、医者にとっては四ヶ月患者を延命できれば手術は成功なのである。実は医学界はそういう身勝手な不文律で成り立っている。

だが、それと知りつつ手術を奨める医師軍団がおおっぴらにまかり通っているのは何故なのだろう。そこでこう考えてみた。ガン患者ほど弱みにつけ込まれやすい者はいないからだろう、と。どんなごついおっさんでも、いじわるなオバハンでも、ガン患者になってしまえば、子羊も同然なのである。医療の知識もないし、あったとしても付け焼き刃の知ったかぶりで、せいぜいがネットで知り得た知識を振り回して医者に詰問している程度だ。そんなうすっぺらい知識など、医学博士の免状を受けた上に、患者を説得する術にたけた医師にかかればすぐにバレるし、論破されてグウの音もでなくなる。

これらのことはひとりの医師のことを指していっているのではなく、外科医が最高の位であり、その中でも脳外科医、次に心臓外科、肝臓外科医、大小腸外科医と続くという伝統に縛られる、ニッポン医療界のいじましい内幕をいっているのである。

くだけていえば、たとえ人の命を預かる医師であろうと、それは大抵の医師にとっては建前であり、みな既得権益、自分たちだけの領域の中で守れる利益を求め、そのシステムを患者から隠してすらいるのである。偉そうにしている医師ほどその傾向がある。観察してみるとよく分かる。

そこで患者はどう対処したらよいのか。私は、ガンが「転移」したと知れば、それは寿命が尽きるときがきたということだ、と分かるだけでいいと思っている。そうすれば医師に脅迫的に奨められる手術を受けずに、それとなく自分を取り巻く現状を維持しながら、それまでと同じ生活を過ごすことができる。何もしなくても三、四年は生きられるのである。

転移したガンを手術をすれば、たとえ一時的には根治したと安心できても、数年もすれば再発するだろう。抗ガン剤も同様だ。好転は一時のことで嘔吐など塗炭の苦しみがその後に襲ってくる。抗ガン剤を拒否したとしても、手術で受けた体は疲弊し、まともに食事すらとれなくなる。その悔しさも経験しなくてはならない。

実際、私は食道ガンの内視鏡手術を受けただけで、その後八週間は下痢、便秘のダブルパンチであり、食事をしている最中に下痢を催すこともあり、とてもまともな生活を過ごしているとはいえなかった。トイレに入り下腹の激痛に脂汗を流し、涙がこぼれたことは数知れない。こんなに苦しいのなら、このまま死んだほうがましだと正直に思ったものであった。

手術後の症状は人様々とはいえ、体力の衰退は明らかだ。六一キロあった体重が四九キロにまで落ちた。筋肉はなくなり、外を歩くと風に吹かれた凧のようにふらふらした。その上の激痛である。生きている気がしなかった。

内視鏡の食道ガン手術から一〇ヶ月後に胃ガンが見つかったとき、手術するしかないと迫る医者に対して、それは自ら死地に赴くようなものだ、と私は敢然と断った。たとえ転移したとしても、手術するつもりはなかった。それに手術なんかより、しなければならないことが書斎の中にあった。

今さらながら、あれは根性であったと思う。気の弱い人でなくとも、「このままではあと半年ももたない」、と消化器内科部長とT大学病院総院長の外科医のふたりの医師から脅かされれば、観念して手術台に上がったことだろう。

それから五年が過ぎようとしている今は、「手術しなくてよかった。手術をしなかったからこそ抗ガン剤を打たれることもなく、その副作用で苦しい思いをしなくてすんだのだ。だから小説も書けた」とごく素直に答えることができる。手術をしなかったおかげで、ブリザードの吹く南極を彷徨っていた皇帝ペンギンの子供を作品化（『さすらいの皇帝ペンギン』集英社）することがついにできたのである。

たとえガンになっても手術を断ろうと漠然と考えるようになったのは随分昔のことで、ジャーナリストの千葉敦子さんの闘病記を読んだ二五年ほど前からのことである。乳ガンが見つかった千葉さんは東京で乳房の切除手術を受けた。その後ニューヨークを舞台に仕事をするようになるが、そこで胸骨の脇のリンパ節にガンが再発し、放射線照射を受ける。それで体はいったん快調になった。だが、千葉さんの本当の苦しみは、その後の三度目の抗ガン剤治療の後から始まった。千葉さんはこう書いている。

「たまらない不快感。四肢の無感覚。食欲喪失。歯茎からの出血。（略）数時間おきにりんごジュースをするのがやっとで、部屋を薄暗くし、電話のベルを『無音』にし、ベッドにうずくまってうなっているしかない。本を読んだり音楽を聞いたりする気力も失われてしまう。『病気が重くなっても最後までジャーナリストとして書き続けよう』などというかつての決心は簡単に崩れ去ってしまった。全く思考力が失われてしまうのだ」（『ニューヨークでがんと生きる』文春文庫）

この本は読むほうも辛かった。千葉さんはすさまじい副作用に苦しみながら、その後七ヶ月間を生き抜いて壮絶な死を迎えたのである。その絶望しかなかった七ヶ月間を、抗ガン剤によって延命できたと、ニューヨークの医師たちは手柄話にでもしたのだろうか。

抗ガン剤治療さえ受けなければ、たとえ再発から七ヶ月後に亡くなる運命にあったとしても、千葉さんは、苦しむことなく最後の執筆にいそしむことができたはずだと、同じ物書きとして私は断定できる。

今思うと私のガン体験など蚊に刺されたほどのことだった。それでも私の寿命はもう秒読みになっているのかもしれない。一番の不安は脳梗塞になって家人に迷惑をかけることだ。そのときに備えて、リビングウイルを書いて遺言書と共に硝子戸のついた本棚の中に立てかけてある。そこには、たとえ意識不明になっても、病院では栄養剤を通すための管など鼻から入れさせるな、と書いてある。

もし預金があれば在宅ケア医の萬田緑平さんに相談する手もある。萬田さんは「世界一ラクな『がん治療』」と提唱している方だ。粗末には扱わないだろう。

それより前に、いよいよダメだと分かったときは、ホスピスに入院すればよいと楽観的に考えている。イギリスほどのホスピス専門の病院は日本にはまだないが、たとえば鎌田實《みのる》さんの諏訪中央病院だったら、毎晩ビールを呑みながら天寿を全うできるはずだ。私は鎌田さんとは同い歳であるが、彼は私よりずっと長生きして面倒見てくれるだろう。

頼むよ高齢者のアイドル鎌田さん。

六年経ったらまた会いましょう

私にとってガンなど生きている間は何の障害にもならないが、肝硬変は生命力を奪うのである。だから何故血小板数が少ないと、先進医療である「免疫細胞治療」や「ヒト体性幹細胞」を用いた治療や、肝硬変治療が受けられないのかという不条理な疑問は残っている。血小板を増やす方法として、最も期待が持てるのはｉＰＳ細胞で幹細胞を作り、血小板細胞に分化させて体内に送り込むことだが、実用化できるのは早くて二〇二五年だといわれている。

血小板を増やす薬は他でも研究されているが、副作用は当然ある。薬で血液が固まりやすくなるから血栓ができやすくなるのだ。心筋梗塞、脳梗塞に黄色信号が灯るとも医学書には書かれている。肝機能障害のある私は、門脈本管に血栓ができてしまえば、肝臓に入る全ての栄養は門前払いをくらい、やがて仏壇に納まることになる。

薬は毒である、という観点からは、やはり肝硬変で死刑宣告を受けた私でも、血小板薬にも大きな期待を持たない方がいいのかもしれない。私は栄養剤すらほとんどとらない。定期的に飲んでいるのは動物性と植物性のタンパク質を持っている「みどり虫」（ユーグレナ）という藻の一種を健康食品にしたものと、元衆議院議員で人類学者の栗本慎一郎氏が開発した「クリールベール」だけである。

これは血管に溜まった汚れを食うフロリダのミミズを原料にしている。脳血栓になった栗本氏が執念で作り上げたもので、この方の脳みそは異常に発達している。それにあやかりたいと思って服用しているのである。年間五万箱だけ製品化しているが市販はされていない。私は栗本氏の勧める東京農大から直接購入している。

あとはビタミンなど多くの栄養を含んでいる日本酒を晩酌でたしなむことである。日本酒は古代から続く、日本人の叡智が生みだしたものなのだ。百薬の長だと世界に自慢すべきものの代表だ。

期待される治療法のほとんどすべては臨床試験の段階にある。治療が始められるまでには、最低六年はかかるだろう。再び「六年経ったらまた会いましょう」なのであるが、それまで家人の作った肴で一杯やりながら、「文生院釈遊天居士」の未来を楽しく思い描くことにしよう。

とうそぶいていたら、友人から「家人が(てめえの)ストレスで先に逝くことを考えたことがあるのか」と注文が出た。ない、と答えた私はその夜、しばし腕を組んで静かな星を見上げた後で、ひそかに短冊にこんな一句をしたためた。

「人生は短い。しかし、独りで生きるには、永すぎる」

第十六章　iPS細胞への期待

オロオロよろよろネット漂流

ところで、肝硬変治療で、山口大学医学部から門戸を閉ざされた私がまず目についたのは、ネットでもっともらしく書かれている「肝硬変は治療方法によって症状を抑えられる」「完治可能」という文面である。「ガンが消えた！」「ガンを寛解させる脅威の治療」といった病気で悩む人が、ひと目で飛び付きたくなる情報もある。

だがよく読むとそれは宣伝文句であり、いきつくところは漢方薬の宣伝であり病院への勧誘なのである。中国医学、チベット医学を修行した××先生が発明した漢方養生食品で、その効能は「肝臓に溜まっている毒素を排除、病気になった肝細胞を修復して肝機能を保護、正常に回復させる」と書かれている。そこまで自信たっぷりに書かれるとそれが宣伝と知りつつもふと迷いが生じる。

迷いとはALTレベルが一ヶ月で150から35にまで下がり、一年後には25の健康水準にまで下がったという数字を見たり、それに対して六〇錠一万八千円という値段が適切かどうかという迷いである。それが毎月の出費であっても肝硬変がよくなるとなれば、むしろ安い出費ではないかと思うようになる。その治療効果が国際医学界で認められているとあれば迷いはさらに深まる。

しかし本来私は、中国四千年の養生医学なんてものがあてになるはずがないと確信している。「疑いへの確信」であるのだから揺るぎのないはずなのである。それと「やはり貧乏作家には高すぎる」というあきらめもある。ところがある日、その中国四千年がいきなり家に届いた。有名作家だから試供品として提供してくれたのか、と思うのは他人のひがみで、実はお金に窮している夫をみかねた家人が秘かに購入してくれたものである。

これで安心とばかり服用したが、ひと月たってもなんの効果も現れない。血糖値は高いままであり、肝臓繊維化が良化した様子もない。だるいままなのである。それで販売元に電話をかけてどういうことだ、効能が違うではないかというと「それは薬ではなく食品ですから効能は保証したものでない」と返事が返ってきた。

ここが儲けの「手口」なのである。病気で苦しむ人の弱みにつけ込むとはこのことで、詐欺商法に近い。というより詐欺である。食品なら「肝硬変が完治する」などと薬品めいたことを宣伝するべきではない。これは「不実告知」(消費者契約法四条一項一号)という法律違反にあたると思う。

薬をかたった健康食品などのネット販売はまず信用してはいけない。どんな連中が販売しているか分かったものではない。国際医学界で認められていると書かれていれば、当然、薬品として認めていると思うではないか。医学界が食品として認めているからどうだというのだ、と文句のひとつも言いたくなる。この中国四千年漢方食品の場合、材料費は一錠三円くらいかもしれない。製造費、人件費、儲けをプラスしてまず、六〇錠六〇〇円が適当な値段だろう。なぜなら中国の問屋ではボールペンが一本二円で売られているのである。

ネットに書かれた製薬会社の親切ごかしの養生訓にしても、行き着くところは薬品みたいな装いの健康食品への誘いなのである。これで肝臓がよくなるという書籍をよく目にするが、書いている医学博士は実在するにしても単なる食品の宣伝マンであり、本に書かれた治療法の行き着く先は、やはり、怪しげな漢方薬だったりお茶だったりするのである。その昔はやったキノコ紅茶と同じ手合いであり、ブームの再燃を狙っているのである。私は今ではネットに出ている健康食品に目がいくこともない。

だが、肝硬変やガン患者にとっては、藁をもすがりたいという思いになるのは無理からぬことである。生まれた者には誰にでも生存願望というものがある。だからついどこかに奇跡的なガン情報でも発表されていやしないか、自分は大事な医療情報を見落としていたのではないかと不安になる。するとまず人々はグーグルやヤフーを開いて「ガン治療」と検索する。するとガンに関する情報サイトがずらーっと出てくる。私も随分読んだが結局「だから何だ」という結論に終わっている。

書かれた記事の全てが製薬会社や怪しげな中国漢方薬に誘導されるわけではないが、その内容の信憑性が怪しまれるものがかなり含まれていると感じるからである。「どの病院でも治せなかったガン患者にも有効」などという情報広告は絶対に怪しい商品である。それは毒にもなりかねない。水素水の多くがただの水だったというのと同じ詐欺商法である。

その健康医療情報を扱うサイトのひとつにディー・エヌ・エー(DeNA)の「WELQ(ウェルク)」がある。このサイトが二〇一六年一二月になって突然休止された。ここには「この化粧品でアトピーが改善」「乳酸菌はガン細胞の増殖を押さえ込む」といった記事が相次いで掲載され、読者からその信憑性が問われるという批判が目立っていた。それに実在する医者の書いたブログからの無断登用も指摘され、文章が書き換えられたため誤った情報が流されたと抗議されることもあったようだ。その上でのサイト休止なのである。

ただしその医療記事にも読者を奮い立たせたものもある。「WELQ(ウェルク)」の二〇一六年七月一四日の「日本人が開発した新しいガン治療法『光免疫療法』、米国で臨床試験を開始」という記事に私は目を止め、プリントしてとってある。その記事の内容が分かりやすいように箇条書きにして書きだしてみよう。

一。ガン治療にはどうしても副作用がついてくる。それを最小限にするため米国国立がん研究所の小林久隆氏らのグループは、あたらしい「分子標的ガン治療法」の「光免疫療法(PIT)」を開発した。

二。これは「近赤外線」の光を使ってガンを破壊することだ。マウスの生体実験では八〇%の確率でガンが完治した。

三。米国食品医薬品局(FDA)が二〇一五年に臨床試験のゴーサインを出した。グループが目指しているのは三、四年先のガン治療薬承認である。(もう二〇一八年だぜ)

四。この「光線銃」の標的はまず皮膚ガンそして食道、大腸ガン。胃カメラや大腸カメラの先端に照射装置を付けて攻撃することも可能。肝臓ガン、膵臓ガンも射程に捉えている。

専門用語を省くとそういうことになる。もしかしたら東京オリンピックの頃にはガン治療薬が承認されているかもしれない、と期待を抱かせるネット記事である。私は誘惑には弱いタイプである。だが自分で紹介しておいて矛盾だが、そんな私でもこのネット記事にある「光線銃」をやる気にはさらさらならない。これも自己宣伝の一種であり、現代医学ではガン細胞を死滅させる医術が登場することは決してないからである。現れるのはまやかしの宣伝上手だけである。

そんなものより、何を隠そう、私にはガン撲滅の秘術「ゴジラ光線」があるのである。それこそが免疫革命になりうると信じている。この療法は暗示力が元になっている。額に人さし指をあて「こういう人に私はなりたい」と理想を呟けば、誰でも自分が思い描いた通りの人になれるのである。これはあまりに簡単な暗示法であるので、すぐに忘れてしまう。だから最終章でもう一度登場させてみるので待っていてほしい。

iPS細胞の山中さん

ノーベル賞を受賞した山中伸弥京大教授は一夜にしてヒーローになった。平成二四年(二〇一二年)一〇月のことである。取材が殺到し、それで人々はiPS細胞がどういうものかを何となく知るようになった。何となくというのは、取材する側も人工多能性幹細胞が幹細胞とどう違うのか、それまでよく分かっていなかったからである。

その取材の中でいくつかの逸話が山中さんの口から語られた。その中で忘れられないものがある。山中さんは整形外科の臨床医をしていた頃、難病に苦しむ女性患者を担当した。だが当時の治療法では女性を救うことができなかった。整形外科の世界に限界を感じた山中さんはメスを捨てた。そして基礎研究の世界に飛び込んだ。

世界中の研究者が競って実用化に向けて格闘していたES細胞（胚性幹細胞）に山中さんも没頭した。初めて顕微鏡の中に受精卵を見たのは平成一一年（一九九九年）、三七歳のときだった。そのとき山中さんの頭に浮いたのは幼いふたりの娘の姿だったという。

ES細胞はどんな細胞にも分化できる万能細胞だとされていた。しかし、それには命の萌芽である受精卵を実験で使う。全ての動物はたった一個の受精卵から骨、臓器、筋肉など多用な形や働きを持つ細胞に分化する。そして赤ちゃんになるのだ。実験で受精卵を使うということは、受精卵を壊してしまうことになり、育つかもしれない命を殺してしまうことにつながる。

「なんとかして、かわいい子供に育つ受精卵を壊さないでやる方法はないか」

顕微鏡を覗いた後、山中さんの脳裏には幼い娘の顔がだぶって見えた。そこから山中さんの新たな探究が始まった。受精卵を使うのではなく、いつしか皮膚の細胞から、受精卵と同じ万能細胞を作り出すことはできないものかと目標を定めたのである。

この逸話に山中さんの人間としての器の大きさと深いやさしさが潜んでいる。いい人だなあ、こんな医学者は一〇万人にひとりだと私は思ったものだった。日本の医者の数は三二万人である。つまり山中さんは三人半の内のひとりということになる。するとあとは近藤誠さんと鎌田實さん、端数はすでに亡くなってしまったあの方か……。

幹細胞はどんな臓器にもなりえる細胞で、まだどの臓器になるか定まっていない透明で純情可憐な風来坊である。それを人工的に作り出すというのである。つまり一旦、臓器や血や筋肉として役割の定まった細胞を、何も色づいていない未分化の状態に戻そうというのである。するとそれが病んだ細胞にとって代わって、健康な人の細胞になるという理論なのである。

未分化の状態に戻すというのは、コンピューターでいえば、初期化である。そんな万能細胞を作り出そうと山中さんは志した。それも受精卵を使うことなく、である。

そんなことができるわけがないと、先輩教授も同輩も一笑にふした。だが山中さんはあきらめなかった。それから六年たった。山中さんは四種類の遺伝子をウイルスと一緒にマウスの皮膚細胞に組み込んだ。マウスの尻尾の皮膚細胞である。尻尾というところに、山中さんの人としての奥行きのひろさがある。

するとＥＳ細胞とほぼ同じ能力を持つ万能細胞ができた。マウスの尻尾から人工多能性幹細胞(Induced Pluripotent Stem Cell)が作られたのである。ただそれをそのままＩＰＳとしたのではなんか面白くない。当時ちまたにはアップル社のｉＰｏｄが流行っていた。よし、このｉを使おうということで.ｉＰＳ細胞と命名したのである。二〇〇五年、四三歳のときのことだ。

細胞の初期化は夢の技術である。世界中の学者がぶっとんだ。それを尻目に山中さんは翌年にはマウスの皮膚ではなく、ヒトの皮膚細胞からｉＰＳ細胞を作り出したのである。これを培養すると、神経や骨、筋肉をはじめ様々な細胞に分化した。

そしてまさかと思っていたことが実際に起きた。律儀に人の生命の刻を刻む心臓の細胞を顕微鏡の中に見出したのである。

「拍動する心臓細胞を顕微鏡で見たとき、自分の心臓の鼓動が高まり、指先が震えた」と山中さんはその瞬間を思い出して頬を赤らめた。そのときから世界中の学者、医療機関、製薬会社がｉＰＳ細胞に群がり、すさまじい先陣争いが始まった。アメリカは国をあげて莫大な予算をつぎ込み、ｉＰＳ細胞を使った医療の臨床応用、実用化に邁進した。

日本でも山中さんの直訴が実現して二〇〇七年の末、当時の渡海紀三朗文科相が二週間という異例の速さで五年間で総額一〇〇億円を研究費として投入することを決めた。ノーベル賞はそれから五年後だった。予算額はアメリカには遠く及ばなかったが、国の支援があったおかげだと山中さんは受賞会見で国に感謝していた。

山中さんのノーベル賞受賞から六年経った現在は、さらにすさまじいｉＰＳ細胞闘争が世界各国で行われている。残念だが日本は少し遅れてしまった感がある。

二〇一四年に理化学研究所の高橋政代プロジェクトリーダーによる、ｉＰＳ細胞から分化させた細胞を用いた「加齢黄斑変性」の治療は、培養に一一ヶ月を要し、その費用は一億円にものぼった。ｉ

ＰＳ細胞から作られた細胞を、ヒトに移植する手術が行われたのはこの一例だけである。

それにしても時間と金がかかりすぎる。それで山中さんは「切り札」として他人のｉＰＳ細胞を使う方式をとるようにしたのである。そしてそれを治療に備えてストックするのである。すでに目標の三〇％のｉＰＳ細胞ストックができたという。時間短縮され費用も格段に安くできる。

ｉＰＳ細胞を用いた研究成果は毎日、世界のどこかで発表されている。すごいスピードで研究は進められている。だが臨床試験こそ行われているが、肝臓移植をする代わりに、ｉＰＳ細胞を使って、壊死した肝臓を健康なものに替える治療に成功したという話はまだ聞こえてこないのである。手柄を焦って論文の盗用や嘘も出てきた。話題が先行し、特にアメリカの製薬会社の株が上がる、という事実ばかりが成功物語としてウォール街では語られているのである。むっとするぜ。

ｉＰＳ細胞治療の現状

二〇一五年一二月、文部科学省は今後のｉＰＳ細胞研究のロードマップを発表した。どの病気がいつ頃までに治療できるかという目処を公表したのである。それによると網膜色素上皮細胞、角膜と血小板の再生が一番早く、二〇一八年には臨床応用に入っていて、それから三―五年後には再生医療が可能な状況になるというのである。確かに臨床研究が終わり、今年はもう臨床応用の段階にあるようだ。

赤血球、造血幹細胞、腎臓の研究が一番時間がかかるようで、これらは使用する細胞の数が多いためである。だいたい二〇二五年から臨床研究が佳境にさしかかり、臨床応用に入るのはさらに一〇年後のようである。私は二〇一八年一月にめでたく七〇歳になったが、造血幹細胞の恩恵に与る可能性は全くない。四角い枠の中でチーンと鐘が鳴らされるのを待つ身になっている。新生児が代わって誕生するのだからそれはそれでヨイことである。

二〇一六年には大阪大学でiPS細胞から角膜を始め、目の様々な細胞を作ることに成功した。脊椎損傷というつらい病いを負った人にも朗報がある。慶應義塾大学でiPS細胞から神経幹細胞を作り脊椎を再生させようという試みが始まっている。すでにマウス、サルを使って再生が成功したという報告がなされている。

「進行性骨化性線維異形成症」というあまり聞き慣れない病名は、二〇〇万人にひとりがかかるといわれる難病である。この難病を治す治療薬に山中さんが取り組むきっかけは二〇一〇年、山中研究室を母親に付き添われて訪ねてきた一三歳の少年との出会いだった。少年は八歳のとき筋肉や人体が骨に変わり、全身の関節が動かなくなる奇病に襲われたのである。炎症による痛みを抑える薬のほか治療する手だてがなかった。

「よく訪ねてきてくれたね」

山中さんは少年をそういって迎え、後日彼が提供してくれた皮膚組織を受け取った。そして今ようやく京都大学iPS細胞研究所で、骨化を抑える免疫抑制薬の治験が始まった。しかし製薬会社は利益の求められない薬の販売はしない。数千万円かかる治験費用は国の予算に頼むしかない。

またここでは「軟骨無形成症」という難病にも取り組んでいる。これは異常な軟骨細胞が形成されたため身長が低くなる病気である。まだ候補の段階だがこの難病にも治療薬が見つかった。

大阪大学では澤芳樹教授がｉＰＳ細胞から心筋細胞をシート状にしたものを作製した。これを心臓病患者に移植する治験が行われる。

確かに今や数兆円をｉＰＳ細胞を用いた医薬品の開発に注ぎ込むアメリカなど、怒濤のごとく果てしない競争が行われている。少し腹立たしいが、山中さんは意に介さない。それより「患者には時間がない。一日でも早く助けたい」といって国からのさらなる支援を待ち望んでいるのである。

ｉＰＳの奇跡、ミニ肝臓

これはごく最近の情報であるが、約二万個のミニ肝臓を、一つの容器の中で作製できることに成功したと報じられた。これは横浜市立大学の谷口英樹教授らが、二〇一三年にヒトのｉＰＳ細胞からミニ肝臓を作ることに成功してから、丸五年かけて大量製造を可能にした快挙である。谷口教授という人は人間としてなかなか奥行きのある人物らしく、二〇一三年当時は、ミニ肝臓のことをこんなふうに説明していた。

「ｉＰＳ細胞から、血管構造をもつ機能的なヒト臓器を造り出すわけです。いわば肝臓になる細胞と血管になる細胞、それをつなぐ細胞の三つの細胞を一体化させて『肝臓の芽』といわれる原基、集合体を造り出したわけです。研究者があれこれ実験するより、この三つの細胞をひとつの容器にいれておけば、勝手にミニ肝臓を作り出すんじゃないかと思ったわけです。これはいずれ肝臓そのものへと変化すると期待できますね」

ただ、最初は二〇個のミニ肝臓しか作れなかった。それでは臓器移植を待っている人には十分に行き渡らない。それが五年後に「三次元的なヒトのミニ肝臓」が作製できたというわけだ。専門的な解説は研究グループに任せるとして、約二万人とされる肝移植待機患者にとっては朗報である。

ただ、現在はあくまでもマウスを使っての研究成果である。マウスクン、ごめんね。

臨床試験は二〇一九年の申請を目指しているという。肝移植を待つ人は、死んでいったマウスに見合うだけの深い人生をこれから歩むことができるのか考えるべきだと思う。いつか私はマウス物語を書く。

ところでマウスの仲間である、ハダカデバネズミというやつはスーパーパワーを持っていて、こいつは老化しない唯一の生き物である。無酸素状態で二〇分も生きているし、DNAの修復機能もある。哺乳類の生物学者は、アルツハイマーにもならずガンにも強いこの生物の秘密を探ろうと血眼になっている。この驚くべき生物はピンク色の鼠のような風貌も不気味だが、何より全身に毛らしいものが生えていないのが特徴である。頭もさっぱりしている。この仙人みたいな動物がiPSより先に、不老不死の不可思議の世界へ誘ってくる日がこないとも限らない。ガン患者の悩みは尽きなくとも、ラクに生きているやつがどこかにいると思うだけで愉快になる。私はハダカデバネズミはエイリアンだと思っている。

体が石地蔵になった日々

ｉＰＳ細胞からは筋肉の元になる細胞も造られているというから、いつか私もキン肉マンに変貌することもあながち不可能ではない。だが筋肉よりも、さらにいえばガンよりも、私にとって火急の問題は肝機能障害なのである。理解できる人は少ないだろうが、肝臓が悪いために血行が極端に悪くなり、そのため足が硬直し、前ぶれなく突然に石地蔵さんのように筋肉と筋が固まり、それは鍼灸師でさえ針を刺すことができず、血液が凍結したまま激痛の三〇分を送るはめになる。指一本動かすことができないまま、真夜中、絶叫をこらえてただただ脂汗を流し拷問に絶えているのである。

二〇一六年の三月、娘の出産に立ち会うため家人はロスに向かった。時代小説の出版が迫っていた私は、愛犬氷見子を傍らに寝かせて執筆する日々を過ごしていたのだが、家人が娘夫婦とは別に部屋を借りることになり、仕方なく私は運転手兼通訳として四月になってロスに行った。氷見子の世話は姉が泊まり込みで面倒を見てくれることになった。姉でも役に立つこともあるのである。

だが滞在していたひと月の内のほぼ半分は、夜になると足の筋、筋肉が突然凍結するという酷い仕打ちに痛めつけられた。熱いタオルを私の足首に巻こうとした家人は、熱湯で指に火傷する始末であった。六八歳と六二歳が真夜中ロスの借家でオロオロしている姿は愚かな光景であるが、とても笑っていられるものではなかった。それでも翌日の夕方になると、しぶとくランチョパークに車で出掛けて、九ホールのゴルフラウンドを、カリフォルニア大学のゴルフクラブ部員に混じってプレイした。

そんな私を、指に包帯を巻いた家人はボーゼンと眺めていたものであった。

だが、歩行困難なその状態は日本に戻った一〇月まで続いた。真夏でも足の指先が冷たくなるのである。血糖値も空腹時250と高い日が続き、私は四年半に及ぶ断酒生活にほとほと愛想がつき始めていた。このまま再び酒という親友とまみえることなく、この世を去ることになるのだろうか、と世の不条理を嘆いた。

そんなある晩、痛む足でよろよろと散歩しつつ、気分転換に家の近くにあるスナックに顔を出した。そこでは女性がふたり、大きな丸いグラスに氷を溢れんばかりに入れた飲み物を、実においしそうに飲んでいた。キンキン・ジントニックという店のオリジナル飲料であった。

へえー、うまそうだな、というと、保険会社勤務の女性が「おいしいよ、ミッチャンも飲んでみたら」といった。六八歳のそのときでも、恥ずかしながら私はミッチャンと呼ばれていたのである。ちなみに京都の芸者はセンセと呼ぶ(一体何の話をしているんだか)。

焦げたピノキオ似のマスターに値段を聞くと七〇〇円であるという。そこで、私は何のためらいもなくキンキン・ジントニックを飲んだ。その瞬間、おおっー、と喚いた。うまかったのである。四年半の禁酒生活が一瞬にして溶けた瞬間であった。一時間かけて一杯を飲み、爽快な気分で星を仰ぎながら家に帰った。

翌朝、恐る恐る血糖値を計ってみると、なんと血糖値は109と正常値に下がっていた。一気に半値である。それから断酒を解いたのはいうまでもない。適度なお付き合いが始まり、私の血糖値は糖尿病、肝硬変にもかかわらず以来110近辺にいるのである。

　余命四ヶ月と診断されたときγ－GTPは4026あった。それが昨今は35―40にずっと収まっている。ATSは20、ALTは19である。肝性脳症で別の世界にいきかけたときのアンモニアの数値は180だった。それが現在40である。

　T大学病院の糖尿病担当医は「精進料理にしたんですか。カロリーを1400キロにした結果ですね」と得意満面だが、おかゆばかり食っていたら創作の仕事などできない。コンピューターの数値に洗脳されている医者には栄養など無用だが、創作家には必要不可欠なものなのである。

　当然、家人手作りの料理はカロリー無視で、夫が食べたいと思うものを仕込んで毎朝の献立にしてくれている。京都の旅館「俵屋」の朝ご飯を参考にしているから豪勢なものである。朝膳を覗いた知人などは夕膳と間違えるくらいである。我家に泊まりに来た栃木県に住む夫婦は、家人の出した朝ご飯を食べたあと、しばらく虚空を眺めてぼんやりしていたこともあった。

　一日のカロリーは当然2000キロを超える。それでいいのである。私が満足するのだからそれでヨイのだ。これは医者の人生ではなく、私の生命力溢れた人生なのである。それにコレステロールは悪だとする風潮があるが、善玉、悪玉に限らず、コレステロールは生きる上で必要不可欠なものなのである。食事療法で体重を落とせば、体の抵抗力が一気に落ちる。すると、免疫力が低下してガンが増殖する。これは一般常識の範囲である。

　歩行が困難でなくなったのは、同じ頃股関節や足首を調節してくれた整体師と出会ったことも大きな助けになった。灯台もと暗しとはよくいったもので、そんな名人が自宅からわずか一〇分ほどのところで、難病患者を相手にひっそりと治療院を開いていたのである。百メートルを歩くのさえ足首の痛みでゼーゼーとやっていたのが、治療の翌日にはさっそくゴルフにいき、カートなどには乗らずに、自分の足で歩いてフェアウエイを闊歩していたのである。これには付き合ってくれたプロゴルファーのタケ小山もびっくりしていた。

銀座の小料理屋の萬久満の大将などは「バケモノなんだよ」と客に吹聴するので、銀座のママが面白がって店に「バケモノ」を見学にくる。「乳ガンの手術をしたんだけど大丈夫かな。バケモノさん、マッサージしてくれる?」と頼まれてご希望にお応えしたこともある。話を面白くしようとして作り話を書いている、と勘繰る向きもあるだろうが、これは悲しいまでの事実である。

酒を口に含んだら、医者への積年の恨み辛み、すぐに胃ガンの手術をしないと半年後には大変なことになる、と五年前に家人を脅した大先生への怒り、その他私への借金を踏み倒して失踪した友人と称する者への失望、私をフェードアウト作家と触れ回っている評論家への復讐心など、もろもろのストレスが雲散霧消したように思えた。

「ということで、酒を飲んだら血糖値が正常になりました。95なんて三〇年振りのことです」

と近藤誠医師にいうと、氏はややあきれた顔で天井を仰ぎ、

「(それは素晴らしいことだ、などと)うかつなことはいえんなあ」と呟いた。

第十七章　期待される患者像

医者も悩んでいる

医師とのコミュニケーションに悩んでいるのは患者だけではない。むしろ医師側の方が自分たちの置かれた環境に唯々諾々としていては患者の悩み、治療方法、患者自身が目指す人生を知り得ないと苦しんでいるのである。

患者とは我儘であり、自分がガンにかかることなど考えたこともなく、知人が末期ガンだと知らされたときは一応同情もするが、それは表面上の善人ぶりっ子なのである。

その心根は他人事だと割り切っていて、ときにはザマーミロと思ったりする悪党も同居している。だから、自分がガンだと告知を受けたらあわてふためき、なんとか助けてくれと藁にもすがる思いで医師にすがりつく。医者の方では、もう助からないし、九〇歳のあんたはもう十分に生きたではないか、と心底あきれながら、患者と向かい合う。

そういう生に執着する老人に対しては何をどう説明しても無駄で、余生をゆっくりと楽しんでください、といおうものなら、おまえはオレを殺す気か、ならばその前におまえを殺してやる、覚悟しろ、と逆切れする。

自己主義の患者は自分に死ぬ日がくることなど考えたこともないのである。そういう人に共通しているのは、繕いの善人面である。困っている人へ奉仕をしよう、貢献すべきだなどとは口ではいっても実行したことなどないのである。

それが多くの患者の正体なのである。そうなると自然に医者は「医師中心主義」になり、いかに患者を自分の指示に従わせるかとばかり考えるようになる。

だからつい糖尿病の患者に向かって、「血糖値が下がらないのはあんたの努力不足だ」と口に出す。事実であってもそのようにいわれたら、いい気はしない。患者の受ける反応はふたつに分かれる。たとえば私のような不埒ものだったらケツをまくって席を立つ。だが、昔ながらの善良な女性患者にしてみれば、そういう医師が担当になると、まるで自分が責め立てられている気分に陥り、病院に通うこと自体が恐怖になる。

そういう「医師中心主義」になってしまっている自分に気付く医師は、このままでは患者の気持ちに歩み寄ることができない、と自省する。ではどうするか。

「病気も含めた患者の人生、生きている世界を理解しよう」

と考えるようになる。立派な医師はそうして生まれる。いや、生まれようともがいている。しかし、患者の病歴から人生観を聞き出すには、初診のときに少なくとも三〇分の時間が必要だと知っている。だが、病院環境がそれを許さない。自由診療にしたら三〇分三万円の料金が発生する。それに大学病院の医師は午前中だけで毎日六〇人の外来を担当する。良心的な医者ほどジレンマが深いのである。患者の方でもそれを理解する必要があると思う。

民間療法は希望の星

悪い医者はある日、患者を見離す。余命二ヶ月、と言い放ちあとは放り出す。さすがに三ヶ月目はお墓の下ですとはいわないが、腹の中ではそう思っている。患者の家族から必死で助けてやって下さいと哀願されれば、形だけの延命治療を施す。すなわち、栄養剤を点滴で体内に注入する。すると患者は少しだけ生きられる。

本当は患者もつらいのである。点滴が痛いのである。そっとしておいてやれば苦しむことなく眠るように死ねるのに、家族の我儘や延命処置に演技過剰な医師、看護師が患者の最後を苦痛に満ちたものにしてしまう。

しかし、患者にしても、もうダメでも私はお金があるんだし、少しでも望みがあればどんな民間療法にでも注ぎ込むという人がいる。お金持ちだからできることでもあり、ハタから見れば、それは怪しげな新興宗教と同じでお金をむしり取られるだけだ、と見えていても、本人はそこに最後の望みを託す。

俳優のスティーブ・マックイーンもそうだ。アメリカ中の医者から治療不可能と断られ、最後にいきついたのがメキシコの怪しげな医者だった。手術後、マックイーンはわずか一二時間で亡くなった。日本でも川島なお美さんや小林麻央さんも、通常のガン治療をする傍ら気功や温熱療法に頼った。抗ガン剤に苦しめられた小林さんは最後になってそれをやめた。もっと早くやめていれば嘔吐で苦しむことはなかっただろう。私も温熱療法とやらを一回試したことがあるが、温浴器に浸らせられ、体がやたらに熱くなる療法だった。だが一回三万円と高いだけで雑な療法に途中でやめた。なんせ尻の穴に熱いセンサーを突っ込んできたのである。大腸ガンの検査も断っていた私である。オカマにされてたまるかと腹を立てたのである。オカマの飲み仲間はたくさんいるが、彼らは私の尻の穴を触ったりはしない。みな紳士である。

四谷にあった超能力で体の痛みを取るという祈禱師のところへも、仕事場の大家のたっての奨めでいったことがある。部屋には神棚や仏像が置かれ、護摩がたかれていていかにも修験者を気取っていたオッサンがいた。助手とふたりで私の体をさすること二〇分。これで血液の流れが正常になるといった。代金は請求されずにいたので、そうか大家の顔で無料にしてくれたのか、と思ったら神棚前の木箱を指して、そこに邪気払い料を預けるように大家にいわれた。一万円札を出したら黙っている。さらに一枚足したがまだ札を睨んでいる。思い切って三枚出したら大家はにんまりと頷いた。大家は蕎麦屋が本業だが、こんなところの詐欺師の手下業をやってないで、うまい蕎麦を打つ鍛錬をせいと諭して帰った。あれから六年経ったが彼はまだ私の大家である。

毎週のように一緒にゴルフをしていた内科の医者も胃ガンになって入院手術をした。だがそれは形だけだったようで、もう末期ガンで治療のしようがないのですと奥さんは私にいった。娘さんも医者だったが、ガンのことは父に告知しなかった。手術後の抗ガン剤に喘いでいた彼は、ゴルフができなくなって、ようやく自分の症状に気付いた。もうひと月ともたないと知りながら、地元では知る人ぞ知る新興宗教に帰依し、相当額の寄進をした。治癒はできないと分かっている医者にもすがるものが必要だったのだろう。私は彼がそうすることでいっときでも救われたのならそれでいいと思っている。

小林麻央さんも、川島なお美さんも、またこれからも続くお金をもてあました人たちも、それで星がまたたくほどの希望の光をみつめて心やすらぐなら、民間療法もいいのではないかと思う。あとは税務署が現金商売をする業者をどう調べ上げるかである。

もうひとつ、免疫療法の効果をよくするという女性のところへもいったが、これは期待していただけに相当失望した。院長の女性は医師ではなく整体師であったが、私も知る免疫学の教授の娘さんであったので、その免疫力を呼び覚ますという治療に興味を覚えて二千円払って講習を受け、後日診察を受けたのだが、結果は散々だった。

初診だというのに治療院の院長は、病院の治療報告書を持ってきた私には見向きもせず、ソファーでふたりの女性を相手にお喋りをしていた。

そこでは爪揉み療法が効果的だといって、助手の若い太った男が私の体を揉み出した。マッサージかと思ったが、それは皮膚をつねるだけの痛いもので、痛いと何度もいったがそれは好転現象だといって手をゆるめず、私は抵抗することもできなくなり、最後はぐったりした。診察時間は四〇分。初診料二千円、施術料八千円。往復にかかった時間は三時間。とうとう私は女性院長から診察を受けることなくそこを出された。診察室にいた患者は最後まで私ひとりであった。皮膚をつねられた痛みは三日間続いた。

私と同じ食道ガンになった編集者は、かつては大酒飲みだったが、ガン告知を受けてからは断酒。手術はせずに病院で治療を受けていたが、それに不安を感じだすと、今度は仙台の漢方医を頼った。彼は告知を受けてから一年半後に亡くなった。結局、酒は絶ったままの無念の死だった。私は通夜と葬儀に顔を出したが、奥さんは夫が無念を胸に抱いて逝ったのを知って悲しんでいた。死顔すら壮絶な闘いを物語っていたように見えたのである。

もし、希望を抱いたまま痛みも苦しみもなく最後を迎えられるなら、民間療法も意味あるものだろう。お金をむしり取られるのもまた患者の喜びであったかもしれない。しかし、民間療法はあまたあるが、私から見ればそこで救われる命はないのである。

第十八章　免疫力で蘇る

獲得免疫は防御システム

私が胃にガンがふたつあると医師にいわれたのは、六五歳になったときである。だがめでたいことに、その悪性ガンといわれたものは、いつの間にか消えてしまった。内視鏡検査は断っているが、「CEA」の腫瘍マーカーでは正常値に収まっている。「半年後には大変なことになる」といってガンを告知した医師は、その事実を知っても全然感動することはなかったが、それを聞いた人は「どうやって消したの」とびっくりした顔で聞いてくる。その神髄は「ほったらかし療法」にある。

それが免疫力をアップさせてくれるのである。免疫力は元々人間に自然に備わっているもので、うまく使えばあらゆる病気を退治してくれるのである。あらゆる病気、そう細胞ガンをもやっつけてくれるのである。

ここは近藤誠医師の「免疫細胞療法は失敗する運命にある」とは対局にある意見かもしれないが、

療法ではなく、免疫力にはガンを防御する能力が備わっていると明言することに意義がある。それは自分自身をたのもしくする手管でもある。

安保徹氏（新潟大学大学院医歯学総合研究所名誉教授・二〇一六年暮れに永眠された）は免疫システムのしくみを解明して病気が起こる原因をつきとめた。さらに免疫に治癒力があることを広くしらしめた人でもある。

ガン細胞は毎日五〇〇〇個生まれ、体全体のガン細胞を集めれば親指大の大きさになる。それを免疫力が殺すといって医学界を騒がせたものである。

しかし安保徹教授は奇をてらって発言したわけではない。規模の大きくなった免疫学だが、細分化されすぎて、分析はなされても実際の患者には全然役に立っていないと怒っておられたのである。臨床医にしてもその場しのぎの対処療法ばかりで、研究者の横のつながりがほとんどないともいっておられた。

その結果、現在のような免疫細胞療法が乱立してしまったのである。患者の役に立っていないのはその高額な医療費が示す通りである。

ここに至って、不肖、巨匠と呼ばれた男、もしくはさすらいのニセギャンブラーと尊敬され、アルチュール・ミッチィと蔑まれた三千綱の「ほったらかし療法」が、病院に行かずに免疫力をアップさせガン細胞を消滅させるという処世観と合致することになったのです。です（注・校正ミスではない）。

無理が細胞をガン化させる

いきなり「ほったらかし療法」といっても読者には訳が分からないだろうから、最初から順序だてて説明しよう。そのテーマは「なぜ、病気になるか。それはストレスのせいである。ではなぜストレスが溜まるのか。それは、無理をするからである。無理をしさえしなければ、人にはガン細胞は生まれない」ということへ導くことである。

私はフィクションを書く作家であるが、信じた医師が書かれたことはしっかり理解している。まず、安保徹氏の学説から学んだことを述べる。

「人の精神は自律神経で成り立っている。自律神経は交感神経と副交感神経が組んずほぐれつするシステムである。倒したり、押し返したりする内に、どちらかがリーダーシップを取る」というのが前提になる。

交感神経が優位になるのは興奮した証しであるし、副交感神経は体をリラックスさせる。人はこのふたつの神経のバランスの上に生きている。

このことを踏まえた上で白血球の話をしてみよう。白血球は病原菌を殺す、と理解されている。だが、間違えると病気を起こすことにもなる。そこのところが忘れられている。

白血球は顆粒球(好中球)とリンパ球のふたつで九五%が占められている。顆粒球六五%、リンパ球三五から四〇%、残りの数パーセントはマクロファージと呼ばれるもので、ふたつの白血球の元になっているものだ。ただしこの論は安保徹氏以外言っていない。

この白血球をつかさどっているのが自律神経である。つまり自律神経が乱れれば、顆粒球とリンパ球も混乱をしてしまう。それが病気を引き起こすのである。

まず最初に顆粒球の性格をつきとめる。これは体に入ってきた有害異物を食ってくれるといわれてきた。感染症などである。

顆粒球は興奮すると増えると書いたが、それは体に無理をさせると交感神経が過剰に働いてしまうことから起こることでもある。そうなると今度はそれがストレスとなってあらゆる組織を破壊しにかかる。ほとんどの神経系の病気、胃潰瘍、十二指腸潰瘍、大腸炎、果てには痔疾、難聴まで、交感神経が緊張して、顆粒球が異常に活性化して組織破壊に走ってしまったことから引き起こされる。

リンパ球は楽天家

その対岸にいるのがリンパ球である。リンパ球は副交感神経に支配されている。リラックスすると増殖するが、それはだらけることとは丸で違う。だらけきってはダメなのは、そのへンで酔っぱらってくだを巻いているオッサンをみれば分かることである。実は私もダメ。危ない。

しかしリンパ球がいるから人は病気に強い体を維持していられる。頼もしいやつなのである。免疫細胞療法で必ず語られるＮＫ細胞（ナチュラル・キラー細胞）は、ガン細胞を殺すということでヒーローになっているが、数ある種類のリンパ球の中で最初に生まれたのがこのＮＫ細胞である。

一般にリンパ球は、外から体に入ってきた異物から身を護る細胞だといわれている。

それは正しいのだが、その役目を果たすのは胸腺で作られるT細胞といわれるもので、これはウイルスから体を守るもので、胸腺のほか肝臓や腸管上皮でも作られているのが分かってきた。つまり外敵から身を守るだけがリンパ球の本来の仕事ではなく、あとからできた仕事なのである。

最初に生まれたNK細胞の役目こそが免疫の基本だとなれば、外から来たものに対してではなく、ナチュラル・キラーという言葉で表されるように、自分の体の中に生じた異常な細胞を攻撃してどこかに追いやるか、消滅させるというのが仕事だったと分かる。必殺仕掛け人と呼ばれる殺し屋にまで成長したのは、長年の鍛錬で進化した表れである。

近藤誠氏の理論では免疫は「非自己」を見分けられなかったから、一センチ大になるまでガンを発見されることはなかったのだといっておられる。

近藤氏を信奉している私としてはそうなんですかと素直に頷くのであるが、一方で、やはりリンパ球の持つNK細胞は、体内に突然できたガン細胞をやっつけるための免疫として、体に備えられたものだ、という免疫学理論を信じたいのである。

私はそれを自分の言葉にして額に飾ってある。

「いつも体内を見廻ってくれる静かで、頼りがいのある奴だ。そんな彼は、もし分身ともいえる仲間がガンに憑依されたら、たちまち日光仮面となってガンと闘うのである。

自分の現状、能力を把握した上でやるべきことをやる。それで力が及ばず、ガンを逃がしてしまうこともある。しかしそれはそれで仕方ないことではないか。自分が持っているエネルギーをみんな注いだのだ。それだけで価値のある生き方をしたと思うべきである」

これは楽天家の生き方そのままである。ここにいたって、免疫力は楽天家の同胞であったことが分かる。すなわち、「楽天家はガンをも殺す」、のである。名言ではないか。

ストレスはなくならない

免疫は元々人に備わっているのだから、鍛えればそれだけ進化し、適度に増える。それにはまず自律神経のバランスをよくすることにある。交感神経と副交感神経とのバランスだ。しかし、こればっかりは自分で自由に出し入れができない。だから病気になる。

神経系の病いの原因のほとんどはストレスである。政治家が選挙に落ちたりしていきなりガンになったり、心筋梗塞で死んだりするのもストレスからきている。自律神経がとっちらかってしまったのである。目玉でいえば左右あらぬ方を向いたまま、どこが正常点か分からなくなっている状態である。

「ストレス」をなくそう。

としたり顔でぬかす教育者や医者は多いが、そんなことできるわけがない(神経医以外は)。ストレスは忘れられないから溜まるのである。生きている限り、人はストレスから逃れられない。このことはあきらめとして胸にしまいこんでおくのが、精神衛生上よろしい。

免疫療法には色々ある。細胞療法はその代表で薬を使うものもあれば温熱を使うものもあり、標準療法との併用をうたうものもある。しかし、これらの薬を使うことが実は免疫力を削いでいる。

薬に頼る人は、自分自身、ストレスを溜め込んでしまっていることに気付いている。こんな薬に頼ったたって治る見込みなどないと分かっている。だが医者は薬を出してくる。そのせめぎ合いの中で正常だった神経は悲鳴をあげ、いつしかぶちきれるか、ゆるみきって麻薬で侵されたように、だらしなく憔悴しきってしまうのである。

ストレスをなくすことのできない理由を多くの人は仕事のせいにする。ひどいのは、家族のため、とことあるごとに言う人である。

家族のために働くのは当たり前のことで、それは流れゆく人生の中では自然に出会う出来事なのだ。自分だけが特別で、仕事でストレスを溜めてしまっていると思うのは間違いだ。

仕事で疲れたというのなら、まず肉体的に疲れたのか、精神的に疲れたのか判断してみることだ。それが簡単にできるのは、自分で分かっているからである。肉体的に疲れたのなら、銭湯に行き、帰りにヤキトリ屋に寄って一杯やって家に帰れば疲れはとれる。

それでも疲れている者は、人に嫌われる仕事の仕方をしているのである。晩酌くらいで疲れがとれないのは当然である。会社の過失で多くの人に迷惑をかけながら、屁理屈をいって会社に居座る会長、社長は真の意味でリーダーでもなければ人間でもない。人間ならストレスに押しつぶされて責任をとるはずだが、既得権力にしがみつくのは欲望の固まりでできた虫だからである。だが多くの労働者は違う。仕事をしている限りつまらない人と出会うこともある。精神的に疲れるのは当たり前だ。逃れる方法がないこともない。たとえば嫌な上司や威張り散らす顧客と当たったときは、そうかこいつのおかげでストレスが溜まるんだな、それでオレの免疫力が低下するんだな、と頷いていればよい。出世欲に固まった上役から嘘の報告書を提出するように命じられても、敢然と断るべきである。応じたらひどいストレス症になる。そのために自ら命を絶つようになれば、今度は家族がストレスに苦しめられる。それに場合によっては相手が事故で今夜にも死んでくれるかもしれないではないか。

もっともその程度の相手だったら、ストレスの解消の仕方も、ABCの下のDプランでよいのである。写真か名前を書いた紙の上にションベンを引っかければ済むのである。どこでションベンをするかは、私の関知しないところである。

ストレスで命が削られていると悟れば誰だって本気を出す。本気でストレスをなくそうと考える。考えられない人は安心してよい。そういう人にはストレス君は訪れてこない。ストレスは、繊細で真面目に生きようとしている人にだけ襲ってくるのである。

免疫力アップを願っているのなら、とにかく一生懸命考えてストレスをなくす方法を探すべきだろう。家族のために働いて、そのため会社でストレスを溜めた、などと罪もない家族を弁解の道具に使うのは、自分がみじめになるだけである。免疫力も逃げていく。

積極的に免疫力をつけようとすれば必ずいい人生がやってくる。そのときにはストレスというものが存在していたことすら忘れてしまっているだろう。

ストレスをなくす秘術はあるかって。実は、あるのである。

秘術・ほったらかし療法

人間の体が細胞からできている限り、その細胞が変異を起こせばガン細胞となってその人を死に追いつめる。死なばもろともというのがガンの使命だからだ。ガンは自爆するテロリストである。

手術や抗ガン剤やその他の薬に頼るのは延命のためであるのだが、人はついそれを忘れて「永遠の命」、「衰えを知らない美貌」、「青春とはセックス」を自分だけのものにしようとするのである。

その延命争いに巻き込まれるのはそろそろうんざりだな、と私は思い始めているのである。ではどうするのか、このまま「ほったらかし治療」に専念してやがて暗いところに納まって、坊主の念仏を聞くはめになるのか。違う。ゼンゼン、違う。

「ほったらかし療法」は究極の楽天家療法である。愉快に生きる秘訣である。そのやり方は、ただボーッとしているのではない。あえていえば、私があみ出し、個人の秘術として愛用しているものである。ただし他人が聞けば巧言としてしかとらえられないものでもある。そういうわけで、ここから先は袋とじの「秘伝」である。

野生

私は基本的には自分の身体を信用している。だからどこか変調があれば治す工夫をしている。危ないものには近づかない。冒険はするが無謀なことはしない。いちかばちかはバチになることを知っている。ギャンブルとはそういうものだ。収入の五％以上は賭けない。だが五％近くは投資する。なぜ無謀はしないかというと、それは楽しみに結びつかないからである。生ある限り、もう少し、深くいつくしみラクに生きたい。

身体を信用することは野生に返ることとつながる。無駄な知識にふりまわされることなく、勘のおもむくまま進む。それで壁につきあたって思わぬ怪我を負うこともある。絶望することもある。もうダメだあ、と叫ぶこともあるだろう。

しかし、そんな絶望を味わえるのも、生きているからこそ、である。絶望の下には地獄しかない。そのときどんなストレスが襲ってくるのか、しっかり見極めるのも療法のひとつである。

妄想

朝日が昇る頃偶然目が覚めることがある。そういうとき私は薄目をあけてピンク色に染まる空を見つめながら、その上空に巨大な生き物が現れるのを待っている。それがゴジラでありその口から熱光線が吐き出されることもある。その熱光線は私の胃を素通りし、中にあるガン細胞を抹殺する。そして確実に悪性ガンと診断された私のガンは消えていった。初めの頃は、ゴジラの吐き出す放射線が、ガン細胞を凍結させる、といって医師の鎌田實をア然とさせたこともある。

それが鎌倉の大仏に比するほど大きな菩薩であることもある。菩薩は塑像ではなく生きている女神となって微笑みかけてくる。その体から発せられる黄金の光を受けて私の瞼は熱を帯びてくる。なんだかとても温かくてやわらかいものに抱きかかえられている気がする。女神の光はガン細胞を焼いてしまう。

死んでしまったブルドッグの愛犬ブル太郎と氷見子が、はあはあと大きな口を開いて筋肉の張った肩を怒らせて迫ってくることもある。その空気圧にぶつかって私の体はたわいなくコケてしまう。そして私は愛犬がなぜ私に気合いを入れてきたのか考えようとする。

幻想のような物語が脳裏に浮き出し、そこでまた私はなんだかとても愉しい気分になる。

それらの生き物が空に現れて飛翔するのはわずか一分間ほどだ。それで私の体は息をすることを覚える。自爆テロを企むガンなど、その眩い光景にさらされて、いつの間にか溶けていく。

∞（メビウス）気流法

両手をゆっくりと上げて頭上で∞の図を描き、またゆっくりと降ろしてくる。体の節々で挨拶を交わす声が聞こえてくるのはそんなときだ。細胞が、内臓が、筋肉が、それぞれ朝の挨拶を交わしている。たったそれだけで体は目覚める。

光が頭から体をゆっくりと観察しながら足の裏から地中に抜けていく。次に地中からマグマのようなエネルギーが湧き上がり、体の細胞に熱を与えて頭のてっぺんから出て空に噴き上がっていく。

免疫力がアップする。免疫細胞が体の中をパトロールしている様子が窺える。体を実感して可能性を探り出すのが坪井香譲師範から教わった「∞気流法」の極意だ。

瞑想して積極性を持つ

庭に出て木刀を二〇〇回振る。次に剛柔流空手の型を三本する。正拳突き、前蹴り、回し蹴り、と体を動かす。若き日の剣道三段、空手二段だった頃の無謀な野心が空気を裂く。古稀を迎えた今はクラブヘッドの重みに任せるままにゴルフクラブで一〇〇回素振りをする。（体力のない女性は立った姿勢で踵を一〇回上下させるだけで、心臓が救われる）

家に入り、リビングで南雲吉則医師推薦のごぼう茶を飲みながら、DJ　OGGYのR&Bを聴く。少しの間、物語の中で活躍するヒーロー、ヒロインの姿を文字で写し取ろうと試みる。積極性を持つ彼らの行動に感化されて背中に汗が浮く。

書斎に入り、瞑想する。何かいいことが起きそうな予感が湧き上がる。

指を額に当ててさらに瞑想する。「思い描いた通りの人になる」という思いを「強い夢は実現する」と言い換える。そう、年齢と共に理想とするものは少しずつ形を変えてくるが、積極的に向かう対象はいつでもそこにある。

食と晩酌、風

やがて階下から家人が朝食の仕度をする物音が響いてくる。リビングルームで腹をすかした犬のように舌のさきから涎を垂らしていると、膳に満載された和食が出てくる。季節のサラダ、たらこの卵とじ、金目鯛の一夜干し、ジンジャーポーク、納豆、海苔、ほうれん草のゴマ和え、肉じゃが、チーズを挟んだはんぺん、玉葱入りのみそ汁。好みの食材ばかりだ。

ご飯には玄米が二分ほど入っている。玄米飯は噛めば噛むほど味が出る。私の食事は大抵朝食だけで済む。三食とは決めていない。腹が減ったら食べるだけである。それも六分ほどで満足する。あとは遅い午後に、西八王子の「坐忘」に出かけて蕎麦を食べることもある。

晩酌には三千盛、最近馴染んできた三千櫻。それに青梅には澤乃井がある。銘酒高尾山もある。肴は五島列島直送の魚と薩摩揚げ、湯豆腐、エシャレット、丸干し、あとは蟹酢といったところか。ときには夜の道を一〇分歩いて、駅前のさびれた商店街でひっそりと店を開けている、六〇歳の大将と美しい看板娘のいる小料理屋か、焦げたピノキオがマスターのスナックに行って、競馬新聞を読みながら少しだけ酒を飲む。そこで若者や年季の入った職人たちと勝ち馬検討会が開かれて、思い掛けなく前祝いをしてしまうこともある。

仲間、子供

ガンを宣告された人たちが、互いに励まし合う光景に出会うことがある。年齢も職業も、置かれた状況もみなそれぞれ違うが、みな、今ある一瞬一瞬をひたむきに生きようとしている人たちだ。その人たちの顔には光が溢れている。医師から余命を宣告された人もいる。そういう人には、「医者は無知なのだ、あなたのガンは実は偽物なのだ」、と教えてやりたい衝動にかられる。

私がグループ5の悪性ガンだと宣告されてから、もう五年もたつ。ガンの奴は、ガンへの恐怖を持っていない奴には脅迫は通じないと知って、逃げ出していきやがった。あたり前だよ、生を愉しく味わっているものには、死ぬことなんか考える閑なんかないんだ。

ガンで悩むより、普段通り行動している姿を、子供に見せているあなたたちの姿勢は潔く、美しい。子供に勇気を与えられるのは、親であるあなたたちだけだ。やさしく、優雅で尊厳に満ちたあなたの姿は、尊敬と憧れを子供に伝えることができる。そしてその生きている様子を伝えてくれる仲間がいる。励まし合うって、いいよな。子供が笑っている顔は、崇高だ。

明日

明日はどんな風が吹くのだろう。「あかあかと　日はつれなくも　秋の風」（芭蕉）。つれないのは困るので、爽やかな風を歓迎する。何事もあっさりと愛するように、と囁いてくる風もいることだろう。そいつらには、出過ぎた真似をするなといっておこう。

（終わり）

「あとがきにかえて」

ところで「図書」連載の最後にはこうあった。

「これで終わりですか」「不満かな」「はい。この終わり方は納得しかねます」「やはり〈完〉ではなく〈遺稿〉としておくべきだったかな」「そ、そういうことではなく、これでは読者は……あう」「胃ガンで死んでおくべきだったかな。しかし死なねーんだな」「その胃ガンがどうなったのか書いてません」「ガンは消えた」「消えた……。ステージ4だったはずでしょ。何故?」「ほっといたら消えた。ただ医者に脅かされるまま手術をしていたら、今頃は四角い枠の中でチーンという音を聞いていただろうな」「たしか、独自のガン撲滅念力を編みだしたとか」「むふふ。いずれ単行本で種明かしをすることにしよう」「む」。

そして、本の最後にはこう書かれていた。

「ほったらかし療法。楽天家はガンを殺す」

「無名の担当者へのお礼の言葉」
人生はたいしたことではないけれど、何事もあっさりと愛してみよう、と考え方を変えてみることで、美しく見えてくるものがあると思う。

初出

月刊「図書」二〇一七年四月号から二〇一八年三月号に
連載したものに、大幅加筆しました。

高橋三千綱

1948年1月5日大阪府生まれ。作家、高野三郎の長男として生まれる。高校卒業後、サンフランシスコ州立大学入学。帰国後、『シスコで語ろう』を自費出版。早稲田大学へ入学するが中退し、東京スポーツ新聞社入社。1974年『退屈しのぎ』で第17回群像新人文学賞、78年『九月の空』で第79回芥川賞を受賞。83年『真夜中のボクサー』映画製作。著書に『怒れど犬』『葡萄畑』『天使を誘惑』『明日のブルドッグ』『猫はときどき旅に出る』『さすらいの皇帝ペンギン』『剣聖一心斎』『こんな女と暮らしてみたい』『楽天家は運を呼ぶ』など多数。

作家がガンになって試みたこと

2018年6月22日　第1刷発行

著　者　高橋三千綱《たかはしみちつな》

発行者　岡本　厚

発行所　株式会社　岩波書店
〒101-8002　東京都千代田区一ツ橋2-5-5
電話案内　03-5210-4000
http://www.iwanami.co.jp/

印刷・精興社　製本・牧製本

ISBN978-4-00-061275-3　Printed in Japan